EL VIAJE DE PATTY

Conectad@s

EL VIAJE DE PATTY

Conectad@s

Patty Dragona

Ilustraciones de Henar Torinos

B DE BLOK

Papel certificado por el Forest Stewardship Council®

MIXTO
Papel procedente de fuentes responsables
FSC® C117695

Primera edición: mayo de 2018

Printed in Spain – Impreso en España

ISBN: 978-84-16712-87-8
Depósito legal: B-5.740-2018

Compuesto en Infillibres, S. L.

Impreso en Cayfosa
Barcelona

BL 1 2 8 7 8

Penguin
Random House
Grupo Editorial

I

¡QUÉ DÍA TAN RARO!

Hoy ha sido un día rarísimo. No raro normal, raro raro. Raro como cuando parece que no te has despertado y que sigues soñando porque te pasan cosas que, si las piensas un poco, tienen muy poca lógica.

Todo ha empezado nada más despertarme. ¡Menudo susto! Estaba yo tan a gusto en mi cabaña de la montaña y, de repente, empiezo a verlo todo rojo. Que ¿qué es mi cabaña de la montaña? Pues es el lugar más bonito del mundo. Es un sueño que tengo a menudo. En él, yo vivo en una cabaña de madera preciosa, hecha a mano, en medio de la montaña, al lado de un lago enorme de agua transparente y bajo un cielo azul con unas nubes blancas que parecen pintadas de lo bonitas que son. Allí en el campo vivo rodeada de perros (¡me encantan los perros!) y me dedico a cultivar la tierra, pescar, cuidar de mis gallinas y tumbarme al sol. Es un sueño genial, ¡mi sueño favorito con diferencia!

Total, que estaba yo tan a gusto en mi casita del lago viendo una puesta de sol preciosa cuando, de repente, me he dado cuenta de que el rojo no venía del cielo sino de mi habitación. Que ya no estaba en el sueño, sino que me estaba despertando y aquello era rarísimo...

Cuando por fin he conseguido abrir los ojos y quitarme las legañas, lo he entendido todo. ¡Ayer me quedé dormida delante del ordenador! ¡Menudo desastre! No sé cómo pasó, aunque me lo imagino. Anoche estaba jugando a un juego en línea que me tiene enganchadísima y que está ambientado en un mundo medieval fantástico. Yo llevo una guerrera y estoy en un clan (¡nos llamamos The Unicorns!). Anoche, ya de madrugada, porque la mayoría de la gente del clan son de Estados Unidos, así que voy un poco desfasada con los horarios, decidimos hacer un asalto a una fortaleza. Como la batalla era muy larga y complicada, había momentos en los que no podías hacer nada o en los que te habían matado y tenías una penalización. Sospecho que en uno de esos parones me quedé frita y, todo hay que decirlo, mi silla es taaaan cómoda que no me he despertado hasta por la mañana.

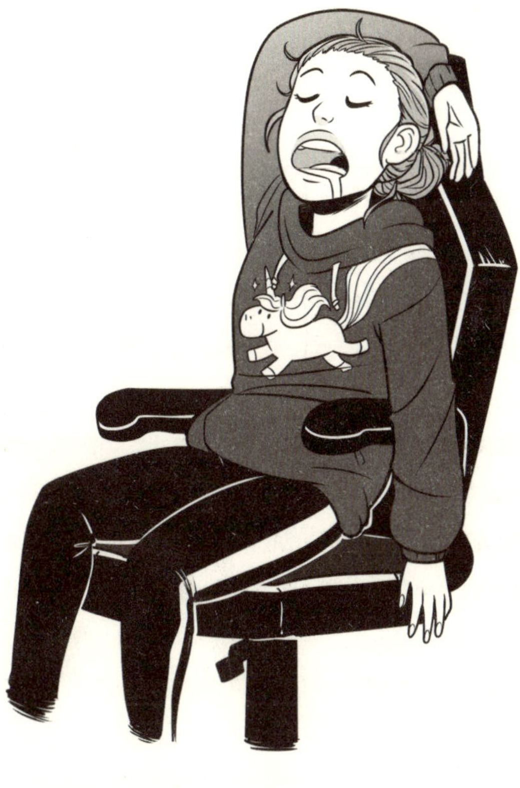

Sí, vale, pero ¿y la luz roja qué era, eh? ¿Un alien? Noooo. La luz roja era mi ordenador. Es que cuando me compré el ordenador quise hacerlo especial, diferente y que encajara conmigo y con mi habitación, así que le puse una caja transparente para poder ver las placas, los cables y los ventiladores y, por fuera, le puse unas tiras de luces LED que cambian de color y parpadean con solo apretar un botón. La verdad es que es una pasada y la envidia de todos mis colegas. Por las noches, cuando juego, me gusta encender los LED y siempre, pero siempre, los pongo de color rojo. Me encanta el rojo. Me gusta tanto que hasta me tiño la melena de color rojo intenso, así, cuando me hago fotos, lo primero que se ve es mi pelo largo y rojo que me llega a la cintura, y lo segundo, mis ojos, que son de color verde. Siempre he pensado que los dos colores combinan bien, aunque, si estamos hablando de mis colores favoritos, entonces tendría que decir rojo y negro. Sin duda.

Pero un momento, que me lío aquí a contar que si el pelo que si la luz, ¡pero aún no me he presentado! Yo soy Patty. Mis colegas me llaman Patty Dragona, porque ese es el nombre que uso en internet. Vivo en España, en una gran ciudad bastante gris que, por cierto, tiene poco que ver con mi casita del lago. A lo mejor por eso sueño tan a menudo con ella. Igual el universo me está mandando un mensaje del tipo «¡huye del gris y vete al verde!». Y que conste que no lo digo solo por mi sueño recurrente, ya he dicho que he tenido un día rarísimo. Y despertarme en la silla delante del ordenador ha sido solo el principio.

Después de ducharme, desayunar y esas cosas que hace la gente cuando se despierta, no he podido resistir la tentación de volverme a conectar al juego de anoche. A ver, que no es que esté enganchada, es que quería saber cómo había acabado la batalla y, sobre todo, si en los cofres de recompensa había salido una armadura especial con protección de magia que yo me pedí antes de empezar el asalto. «Ojalá, ojalá», pensaba yo mientras tecleaba la contraseña. Así que nada más entrar me he ido directa al chat del clan a ver si alguien me podía poner al día. Me he encontrado con Sue. Me gusta Sue. Es decir, no sé qué pinta tiene y ni siquiera qué edad tiene, solo sé que es de Estados Unidos, que ella y yo hablamos en inglés y que nos lo pasamos muy bien cuando jugamos juntas. Yo la llamo diablita. En realidad, yo llamo diablitos y diablitas a la gente que me cae bien. Para mí es cariñoso.

¡Hola, diablita!

¡Hola, Patty! Me tenías preocupada, ayer hubo un momento en que tu personaje se quedó tiradísimo en medio de la batalla, como si te hubieras ido... ¿Te pasó algo?

Calla, calla... ¡que me quedé dormida!

¿En serio? ¿Pero qué hora era?

Pues no sé... ¿Las 3 de la mañana?

¿Tan tarde? No me extraña que te durmieras...

Claro, ¿qué hora era allí?

Pues no sé, era por la tarde...

Y ahora, ¿qué hora es?

Ahora aquí es de madrugada.

Tú vives en Estados Unidos, ¿no?

Sí, en las montañas, rodeada de naturaleza...

¿En serio? Yo siempre te había imaginado en una ciudad como Nueva York o Los Ángeles... ¿Cómo te conectas a internet desde la montaña?

Bueno, vivo en un pueblo, es un pueblo pequeño y bastante aislado, ¡pero tenemos cable de internet!

¡Ah!, por un momento he creído que vivías en una cabaña en el bosque.

No, pero no estaría mal.

A mí me encantaría.

Ah, ¿sí?

Sí, vivir en la naturaleza, con muchos perros, plantando mi propia comida, cerca de un lago... no sé, siempre he pensado que eso tiene que ser el paraíso. Mi ciudad es tan gris... Además, si seguimos viviendo en ciudades como la mía, llenas de humo y contaminación, al final vamos a destrozar el planeta.

Pues tienes toda la razón, la verdad...

Pero bueno, antes de que te vayas a dormir, hablemos de cosas importantes: ¿salió alguna armadura de las que yo quiero?

😆 😆 😆 ¡Estás obsesionada con esa armadura!

Un poco, pero ¿¿¿¿salió????

Síííííí. Es para ti.

¡Bieeeeeeeeeen!

Así que me he pasado un ratillo más en el juego y con Sue, pero luego he decidido que había llegado el momento de hacer algo de provecho y bajar a comprar, porque tenía la nevera que lo único que había dentro era un yogur caducado.

Así que iba yo tan pancha por la calle escuchando música en el móvil cuando me ha sonado una notificación y me lo he sacado del bolsillo para ver qué era. (Sí, reconozco que soy un poco ansias con el móvil y no puedo no mirarlo si noto que suena.) El caso es que había recibido un mensaje por Instagram. Hasta aquí, todo normal. Es bastante habitual que mis amigos me manden mensajes por Instagram y, además, por la mañana había colgado un selfie muy gracioso en la silla de mi habitación para explicar que anoche me había quedado dormida y eso.

Lo raro, que ya he dicho que el día de hoy, telita, es que el mensaje venía de una cuenta que no me suena de nada que se llama WeLoveGreen, «Nos encanta el verde», y que tiene una foto de perfil muy chula de un lago rodeado de montañas. El mensaje en sí era muy cortito y estaba escrito en inglés: «¿De verdad te preocupa lo que le está pasando al planeta?» Casi me da un pasmo. ¿Qué estaba pasando? ¿Acaso alguien me estaba espiando? Me he quedado quieta en una esquina y he empezado a mirar a mi alrededor así en plan disimulado. No he visto nada raro. La gente del barrio normal, lo típico. Nadie con pinta de espía del FBI o de

la NSA. Además, también, para qué iba a querer espiarme a mí un espía, ¿no? «Se te va la pinza, Patty», he pensado. Pero he decidido igualmente entrar en una cafetería que había en la esquina y tomarme un momento. He pedido un refresco y me he dedicado a cotillear la cuenta de WeLove-Green para ver las fotos a ver si averiguaba quién era antes de contestar. La verdad es que todas las fotografías eran, básicamente, de naturaleza: flores, insectos, nubes perfectas sobre cielos azules, árboles infinitos, pájaros, huellas de animales en caminos de tierra... Supongo que es la típica cuenta de recopilar fotos bonitas para que la gente les de like. Supernormal en Instagram. Lo que no es nada normal es que vayan por el mundo preguntando a la gente cosas que una ha hablado con una amiga esa misma mañana en el chat de un videojuego, ¿sabes? Pero mira, las fotos me han gustado, así que he pensado que tampoco pasaba nada por seguirles un poco el juego. «Sí, me preocupa mucho», les he dicho. «¿Por qué?», qué insistencia, ¿no? A ver: «Porque solo tenemos un planeta y, si lo estropeamos, no tendremos dónde vivir.» ¡Ah! y también porque «Además, me encantan los animales, y ellos no tienen la culpa de lo que estamos haciendo nosotros, ¿no?». Y va y me dice: «Respuesta correcta.» Y yo: «Vale, pero, oye, tú ¿quién eres? ¿Nos conocemos?» Y nada, ¡que no ha contestado! La gente cada día es más rara, ¿no? Es decir, ¿qué tipo de conversación es esa? ¿Y qué quiere decir lo de respuesta correcta? ¿Qué es esto? ¿Un concurso? Total, que me he pasado un rato actualizando compulsivamente los mensajes de Instagram y mirando un poco alrededor por si era un gracioso que me estaba gastando una broma ahí en vivo y en directo, pero al final me he cansado y he pensado que mejor seguía con mi vida y pasaba del raro aquel (o rara, que también podría ser).

Pero no se acaba ahí la cosa, ¡ojalá! Lo más raro aún me tenía que pasar... yo lo he llamado: ¡el curioso incidente del mail sospechoso!

2

El curioso incidente del mail sospechoso

Los días que empiezan raros, acaban raros, eso es una especie de ley universal no escrita y, en mi caso, se ha cumplido, pero bien...

Después de empezar despertándome delante del ordenador y seguir con mensajes misteriosos de raritos de Instagram ha llegado el remate final. Estaba yo a punto de irme a dormir para evitar volver a pasar la noche en la silla de la habitación (que vale que es cómoda, pero tampoco hay que exagerar) cuando he visto que me había llegado un correo electrónico.

He estado a punto de pasar olímpicamente e irme a la cama sin abrirlo porque, a ver, ¿alguien me puede decir quién sigue mandando correos hoy en día? Yo no. Y mis colegas tampoco. Habiendo WhatsApp, Instagram y Facebook, ya me dirás tú para qué iba a ponerme yo a mandar correos. Normalmente, lo único que recibo es publicidad, ofertas y más publicidad. Pero ya he dicho que yo soy un poco ansias y, en general, no soporto tener un aviso de «por leer» en el móvil. Tampoco en el correo electrónico. Así que he pensado: «Lo abres, lo miras, lo tiras y te vas a dormir.» Fácil.

Así que abro la bandeja de entrada y veo que el correo nuevo se titula «Puedes hacer algo», en inglés. Y yo en plan, ¡WTF! Entonces miro el remitente y veo que es una dirección larguísima llena de números y letras raros, como si alguien le hubiera pegado tres golpes al teclado en lugar de escribir algo con sentido. Mi primer impulso, no lo negaré, ha sido borrarlo. Al fin y al cabo, el tema tenía una pinta de virus que echaba de espaldas. ¿Un correo de una dirección desconocida y rarísima? ¿Pero qué se han creído, que soy nueva? Pero el título del correo, ese «Puedes hacer algo», me estaba matando de curiosidad. ¿Y si tenía algo que ver con lo de WeLoveGreen? Si un rarito se había obsesionado conmigo, lo mejor era descubrirlo cuanto antes para poder hacer algo, ¿no? Pero no podía arriesgarme a abrir el correo, que fuera un virus y que me destrozara mi queridísimo ordenador. ¡Eso sí que no!

«Piensa, Patty, piensa... ¡Ya lo tengo! Tiene que estar por aquí...» Hace muchos años, me compré un ordenador portátil porque ocupaba menos espacio y esas cosas, pero hace tiempo que no lo uso porque tiene la batería medio frita, va más lento que una tortuga y la pantalla no es muy buena. Peeeeeero... abrir correos los abre a las mil maravillas. Así que he pensado que si se estropeaba tampoco lo iba a echar de menos, por lo que podía arriesgarme a estropearlo. Todo fuera por no quedarme con la duda.

Total, que después de rebuscar en todos los armarios y cajones (y encontrarlo, cómo no, en el último), lo he encendido, he esperado un buen rato a que arrancara y, por fin, he conseguido acceder al correo electrónico. Conteniendo la respiración, y sin atreverme a mirar la pantalla, he abierto el correo y... No ha explotado nada. No sé qué esperaba que pasara, al fin y al cabo no era más que un correo, pero el caso es que no ha pasado nada aparte de que se ha abierto.

El mensaje era corto. No, corto no, cortísimo. Solo un enlace. Un enlace que también parecía que lo había escrito alguien aporreando el teclado contra el suelo o algo así. Ya que había llegado hasta allí no pensaba detenerme. De perdidos al río, ¿qué era lo peor que podía pasar? Una vez más he cerrado los ojos, he contenido la respiración y he hecho clic en el enlace. He esperado un momento con los ojos cerrados algún sonido o alguna cosa, pero no ha pasado nada. He abierto apenas un ojo y he visto que la pantalla estaba en negro excepto por dos casillas en blanco que decían:

«**User**»

«**Password**»

Y entonces....

¡¡¡¡AAAAAAAAHHHHHHHH!!!!!

Entonces sí que me he dado un susto de muerte. Mi teléfono, que lo tenía encima de la mesa, ha empezado a sonar a todo trapo. «¿Pero qué querrá mi madre a estas horas?», he pensado automáticamente, pero al ir a descolgar he visto que el número era oculto. A la porra. He descolgado.

—El usuario es Patty_Unicorn y @!We.Love.Green.43* la contraseña.

—¿Perdona?

—El usuario es Patty_Unicorn y @!We.Love.Green.43* la contraseña.

—Pero ¿quién...?

—El usuario es Patty_Unicorn y @!We.Love.Green.43* la contraseña.

La voz sonaba metálica, como una grabación. No era nadie que yo conozca, de eso estaba segura. He pensado que no tenía sentido discutir con una máquina, y menos aún no teclear los datos que me estaba dando. Así que sin darle más vueltas he copiado los datos de usuario y contraseña en las casillas correspondientes y he apretado Enter.

Al momento, la pantalla ha cambiado y yo me he encontrado en una especie de chat. Y entonces, en ese momento, me ha pasado la cosa más rara de todo el día. En medio de la pantalla, en letras verdes sobre fondo negro, así rollito Matrix, al lado de un cursor parpadeante y acompañando al nick Sue_Unicorn ha aparecido esto:

¡Hola, Patty! Soy Sue, del juego. Y quiero proponerte una cosa.

3

NEW SPRING

¿Sue, en serio eres tú?

Sí, soy yo.

Sí, vale, demuéstramelo; a ver, dime qué hemos hecho esta mañana en el juego.

Pues primero hemos ido a la casa del clan para que recogieras la dichosa armadura que llevas semanas deseando. Luego hemos ido a hacer una quest a una mazmorra, hemos vencido al jefe final y nos han dado 5 cofres, aunque la mitad de lo que había dentro era una birria.

Bueno, pero eso podría saberlo cualquiera que nos haya visto por ahí. Dime algo que solo sepamos nosotras.

Tú siempre me llamas «diablita».

Yo llamo diablita a mucha gente.

Anoche te quedaste dormida en tu silla.

Vale, ahora sí que te creo, diablita, pero no entiendo nada. ¿Se puede saber de dónde has sacado mi teléfono?

Bueno, conseguir algunos datos en internet no es tan difícil si sabes dónde buscar.

Pero tú qué eres, ¿hacker?

Yo no. Pero Ted sí. Ya conocerás a Ted.

¿Ted?

Otro día. ¿No quieres saber por qué estamos hablando aquí y no en el juego?

Pues mira, ahora que lo dices...

¿Recuerdas lo que me has dicho esta mañana?

El qué, ¿que si llevas a un mago es mucho mejor subirse las estadísticas mentales que las de fuerza?

¡Nooo! Lo otro.

¿Lo de que estoy pensando en pillarme un familiar?

Nooo, ¡lo otro!

Ay, no sé, chica, dame una pista...

Hemos hablado de que te encantaría vivir en la naturaleza, ¿no?

¡Aaaaah! ¡Eso! Ya ni me acordaba. Pero ¿qué pasa? ¿Hoy es el día de la naturaleza o algo? Justamente esta tarde me ha entrado alguien por Instagram hablándome de lo mismo, de que si me gustaba la naturaleza y tal.

¿No me digas? ¿Y no te ha extrañado?

Hombre, pues un poco sí.

¿Y?

¿Y qué?

No estás atando cabos.

Pues no, ¿puedes dejar de hacerte la misteriosa y contarme qué está pasando?

A ver, por dónde empiezo...

Pues por el principio, digo yo.

Vale. A ver, me llamo Sue y vivo en Estados Unidos, aunque eso ya lo sabes...

Sí, eso ya lo sé.

Lo que no sabes es que formo parte de un grupo de gente que nos llamamos New Spring.

¿Nueva primavera?

Sí, exactamente.

¿Y que es eso de New Spring?

A ver cómo te lo explico... Bueno, somos como unas cuarenta personas, más o menos, que venimos de ciudades grises y llenas de cemento y estamos muy preocupadas por el medio ambiente. Nos conocimos por internet, como tú y yo, pero en un foro sobre ecología. Después de mucho tiempo quejándonos de todo y hablando sin parar del planeta y de los problemas que tiene, decidimos que teníamos que hacer algo.

¡Guau, qué interesante! ¿Y qué hacéis? ¿Os manifestáis y eso?

No, es algo más complicado. Y, además, no te lo puedo explicar ahora. Acabamos de conocernos, antes tengo que saber si puedo confiar en ti.

Claro que puedes.

No lo dudo, pero las cosas requieren su tiempo. Ya lo irás entendiendo...

La conversación con Sue no ha sido lo más raro que me ha pasado hoy, ha sido lo más raro que me ha pasado en toda la vida. Después de soltarme la bomba de New Spring me ha contado cuatro cosas más y hemos quedado en volver a hablar mañana. Según ella, me tiene que contar las cosas poco a poco y yo tengo que tener paciencia. ¡Paciencia, dice! Qué fácil decirlo. Primero me dice que pertenece a una organización superguay y luego no me cuenta nada. Después de la bomba me he ido a dormir, pero me ha costado mucho conciliar el sueño. Por suerte, cuando lo he hecho, he soñado con mi cabaña...

Han pasado unos meses desde la primera vez que hablé con Sue y en todo este tiempo no he parado de flipar. La verdad es que lo de New Spring es muy fuerte.

Resumiendo mucho, New Spring es una comunidad de personas que viven en un lugar secreto en las montañas de Estados Unidos. Allí están intentando crear una sociedad nueva que sea capaz de vivir en armonía con la naturaleza y, al mismo tiempo, utilizar bien la tecnología. Lo que buscan no es vivir como en la era de las cavernas, ¡no! Pero tampoco quieren destruir el planeta por culpa de su estilo de vida. Así que han buscado un valle deshabitado y, al parecer, aislado para hacer la prueba, y se han ido a vivir allí. Tienen huertos, animales, casas, placas solares y un montón de cosas más.

¿Que por qué se esconden y lo llevan todo en secreto? Pues muy fácil. Si al final consiguen vivir por sus propios medios, seguro que las grandes empresas no van a estar muy contentas; al fin y al cabo, si ya tienes todo lo que puedas necesitar, ¿por qué vas a seguir comprando cosas? Así que, antes de salir a la luz y explicar a la gente que se puede vivir en armonía con la naturaleza, tienen que asegurarse de ser autosuficientes y de ser muchos para poder defenderse. Y aún no son ni una cosa ni la otra.

De momento todavía hay cosas que no pueden producir (y, por eso, dos o tres veces al mes van al pueblo más cercano a hacer algunas compras) y aún no son muchos. Pero no paran de reclutar gente; qué va, se dedican a hacerlo por internet. Cuando conocen a alguien que podría encajar en su comunidad, hablan con esa persona y le explican sus planes. Yo soy una de esas personas.

Pero, la verdad, por mucho que me gustaría creer que todo esto es real y que New Spring existe y que es posible vivir en una casa como la de mis sueños, me cuesta mucho creerlo. No nos engañemos. No conozco a Sue de nada. DE NADA. Por lo que sé, podría ser un señor aburrido de Cuenca, de Marruecos o de la China. Todo esto podría ser una broma muy elaborada o simplemente un pasatiempo para alguien que se esté riendo mucho a mi costa. No sería tan raro.

Así que ayer decidí hacer yo también mis indagaciones. Quizá no conseguiría el teléfono de Sue (como ella había conseguido el mío), pero yo también tengo mis trucos. Vaya si los tengo.

Desde que empezamos a hablar por el chat, Sue me ha mandado seis fotos que guardo en una carpeta del ordenador llamada «New Spring». En ellas, Sue, que tiene más o menos mi edad, siempre sale con una gran sonrisa blanca que contrasta mogollón con su piel, que es marrón suave. Tiene los ojos muy negros, y el pelo también negro y rizadísimo. Lo lleva a lo afro y le queda genial. Le encanta vestir con colores llamativos: amarillo, naranja, verde limón..., y siempre lleva al cuello un colgante de cuero con un pequeño delfín de madera. Si te fijas, el delfín parece hecho a mano.

Abrí la carpeta de las fotografías y me dediqué a ponerlas una a una en la búsqueda de imágenes de Google para ver si alguien las había publicado antes. Es un truco que aprendí en la tele. Hay gente que cuando manda fotos por internet, las copia de perfiles de Instagram y Facebook públicos, pero si es así, al buscarlas aparecen. No aparecieron. Buena señal, al menos ahora sabía que Sue no le había robado las fotos a nadie. De las seis fotos que me ha mandado Sue en este tiempo, hay un par en las que no sale nadie, solo son de paisaje (y son preciosas, por cierto). Esas también las busqué, pero tampoco salió nada. También era buena señal, ¡al menos no eran fotografías del National Geographic!

Pero aquello no demostraba nada. Solo que, si me estaban engañando, al menos se estaban tomando sus molestias para no ser descubiertos. Necesitaba algo indiscutible, algo que no pudiera ser manipulado de ninguna manera, algo... «en vivo».

Así que, por la noche, decidí pedirle una cosa a Sue:

Oye, Sue, ¿por qué nunca hablamos por Skype?

No es seguro, podrían interceptar la señal.

Bueno, ¿pues por qué no vas a otro pueblo y te conectas conmigo desde allí? Podemos hablar de otras cosas, del juego, por ejemplo, o del tiempo.

No es tan fácil, New Spring no está muy bien comunicado...

Eso es una excusa muy mala...

Que no, ¡que te lo digo en serio!

Bueno, pues al menos mándame un vídeo saludándome. No sé, algo que me demuestre que eres quien dices ser.

Ya entiendo. No te fías, ¿no?

Pues no.

Ya.

Lo tienes que entender... Además, en el fondo, tú tampoco te puedes fiar de mí, ¿no?

Tienes razón. Tienes toda la razón. Ahora te mando un vídeo.

No, no, no, espera. No me vale cualquier vídeo. Tiene que ser un vídeo que no puedas bajar de internet. Un vídeo personalizado.

Claro, sí. Pues, a ver, dime cómo quieres que sea el vídeo y yo lo haré.

Vale. Quiero que en el vídeo lleves una camiseta de color blanco, que te toques la nariz con el dedo índice de la mano derecha y pongas la izquierda encima de la cabeza, des un salto y grites: «¡Hola, Patty! ¡Soy Sue, tu diablita!»

¡Ja, ja, ja, ja, ja! ¿Todo eso?

Sí, ¡quiero asegurarme de que no haya en todo internet un vídeo así!

¡Ja, ja, ja, ja, ja! Eres la bomba, Patty. Vale, espera un momento que voy a buscar a alguien que me grabe. Verás qué risas.

Al cabo de unos minutos recibí un archivo de vídeo por el chat. Estaba grabado con un móvil, eso era evidente, pero tenía una calidad bastante decente. Al darle al play salía la misma chica de las fotos, Sue, con una camiseta blanca que le quedaba enorme (se notaba que no era suya), muerta de risa delante de un lago tocándose la nariz y la cabeza mientras saltaba y saludaba. De fondo se oían otras risas. El vídeo era muy cortito, pero era real. Algo así no puede manipularse.

Oye, ¡eres muy graciosa!

¡Ja, ja, ja, ja, ja! ¡Pues ahora te toca a ti, guapa! ¡Yo también quiero mi vídeo!

Vale, ¿qué quieres que haga?

Pueeeees... quiero que saques la lengua, guiñes un ojo, saludes con la mano, te metas el dedo en la nariz y digas «Hola, Sue, soy Patty».

Vale, supongo que me lo he ganado, ¡ja, ja, ja, ja, ja!

Al cabo de un rato, cuando le mandé el vídeo y seguimos hablando de New Spring y de cómo era la vida allí, tuve la sensación por primera vez de que aquello era real. Que existía. Hasta entonces todo había sido un poco como una serie o una peli, algo irreal. Pero ver a Sue en un vídeo diciendo mi nombre delante de un paisaje verde y precioso como el de mi sueño me dejó impactada. Muy impactada.

4

HA LLEGADO EL MOMENTO

Después del día de los vídeos, no he podido dejar de pensar en New Spring ni un momento. Al principio pensé que lo mejor era olvidarlo todo y seguir con mi vida. Al fin y al cabo, New Spring está en Estados Unidos y, por muy bonito que sea, ir allí implica dejarlo todo: a mi familia, mis amigos, mi casa, ¡todo! Es un cambio bestial... ¿Y si no me gusta? ¿Y si no me acostumbro? ¿Y si aquello no es lo mío? ¿Y si Sue se ha equivocado conmigo?

Pero, por otro lado, cuántas veces en la vida tienes la posibilidad de vivir una aventura así, ¿eh? Si sigo en casa ya sé más o menos cómo será mi vida, los días se parecerán unos a otros y siempre veré las mismas cosas por la ventana. En cambio, New Spring es una aventura, algo irrepetible que no sé adónde me llevará. Es emocionante. Y tiene pinta de que será divertido. Además, no solo es una aventura porque sí, es una aventura para intentar salvar el planeta. Eso es lo más chulo de todo. Si la cosa va bien, New Spring puede crear una nueva forma de vivir mejor, más justa, en armonía con la naturaleza... Y poder decir que has formado parte de eso... ¡menuda historia!

Y así estaba yo, pasando de un extremo al otro, del entusiasmo al miedo, de las ganas locas de irme para allá a las ganas locas de quedarme en casa tan tranquila, como si nada hubiera pasado.

Pero, finalmente, anoche, me armé de valor y le dije a Sue:

Oye, Sue, ¿tú crees que yo encajaría en New Spring?

Estoy convencida de ello. Después de todos estos meses hablando contigo, no tengo ninguna duda de que serías muy feliz aquí.

Y, entonces, ¿qué hay que hacer para ser aceptada?

¡¡Pensaba que no me lo ibas a preguntar nunca!!

La verdad es que llevo muchas semanas pensándolo, mirando los pros y los contras; pero cuanto más lo pienso, más claro lo veo. Quiero formar parte de New Spring. Ayudar en lo que sea, vivir con vosotros en la naturaleza.

Bueno, tengo que consultarlo, pero no creo que haya ningún problema. Eso sí, Patty, piénsalo bien, porque una vez vengas no podrás volver a casa fácilmente. De momento, tenemos que guardar el secreto de New Spring, ya lo sabes, así que todo el que viene tiene que estar decidido a quedarse con nosotros mucho tiempo.

Lo sé. Y estoy dispuesta a ello.

Muy bien, presentaré tu candidatura a la asamblea y te diré algo mañana.

Como ya he dicho, esto fue ayer, así que esta noche no he pegado ojo. ¿Cómo voy a dormir? Lo que me diga Sue la próxima vez que hablemos puede cambiar mi vida para siempre. ¡Así no hay quien duerma! Me he pasado el día haciendo cosas para intentar que el tiempo pasara más deprisa. He salido a pasear, he hecho la compra, he fregado los platos, he ordenado mi armario por colores, me he leído un par de cómics que tenía pendientes, he jugado un par de partidas en la consola, pero me mataban todo el rato porque tenía la cabeza en las nubes...

Por fin, cuando ha llegado la hora, me he conectado al chat. Me sudaban las manos, ¡literalmente!

¿Sue?

¿Sí?

¿Qué?

¿Qué de qué?

¡¿Que qué te han dicho?!

¡Ah, eso!

Va, Sue, deja de vacilarme ¡¡¡y dime qué te han dicho!!!

Me han dicho que tienes las puertas abiertas cuando quieras.

¿Sí? ¿En serio? ¡¡¡¡BIEEEEEEEN!!!!

¡Sí! ¡Es genial! Yo también estoy muy contenta.

Bueno, y entonces, ahora, ¿qué? ¿Qué hago?

Pues lo primero es que cojas un avión a Estados Unidos. A Nueva York. Cuando llegues a Nueva York, ya te diré cómo lo hacemos. Seguiremos hablando por aquí, no te preocupes.

Vale... Pues... tendré que empezar a buscar un billete... Suerte que tengo unos ahorrillos...

No te preocupes por el dinero, una vez llegues a New Spring ya no te va a hacer falta.

5

OBJETIVO: NUEVA YORK

Desde que Sue me dio luz verde para unirme a New Spring, la verdad es que ha sido un no parar de hacer preparativos y organizarme. En las películas, la gente se va a la aventura con las manos en los bolsillos, ¡pero no es tan fácil!

Hay que comprar billetes de avión, decidir qué te llevas de viaje y qué no (que tampoco se puede ir una de aventuras con 15 maletas y 50 cajas, ¿sabes?), despedirte de tu familia y tus amigos...

Esa ha sido la parte más complicada, al menos para mí. Sue dice que New Spring es un secreto que solo puede compartirse con personas que puedan formar parte de la comunidad. Para el resto del mundo, no existe. Así que no puedo ir a mi madre y decirle que me voy a vivir en la naturaleza para salvar el mundo. Al menos no todavía. A la larga, si lo hacemos bien, New Spring será un éxito, saldrá a la luz pública y nos convertiremos en héroes por haber descubierto una forma de salvar el planeta, y mi madre estará superorgullosa de mí por haber sido valiente y haber decidido participar de todo esto (al menos, ese es el plan). Pero, de momento, he tenido que inventarme una historia convincente. Después de darle muchas vueltas he decidido explicar que me voy a Estados Unidos para intentar trabajar en la industria de los videojuegos como testeadora o jugadora profesional o lo que surja. Teniendo en cuenta el tiempo que me paso jugando a videojuegos y hablando de ellos, la verdad es que todo el mundo se ha tragado la historia y, además, me ha deseado suerte.

Superada esta parte, me he centrado a tope en la maleta y, al final, la cosa se ha reducido a ¡solo dos!: una grande con toda la ropa (he elegido solamente la ropa que pueda servirme para vivir en el campo, así que nada de vestidos de fiesta ni tacones) y otra más pequeña con mis aparatejos electrónicos. Lo único que no se ha podido venir conmigo ha sido mi superordenador de las luces rojas. Me ha dado mucha penilla, pero al final se lo he vendido a un amigo y, con el dinero, me he comprado un portátil superchulo y ligero para poder llevarlo conmigo. ¡Antes muerta que sin ordenador!

Hoy cojo el avión y, para variar, tampoco he podido pegar ojo. No solo es la primera vez que viajo tan lejos, es que además en pocos días estaré en New Spring con Sue, al lado del lago... Solo de pensarlo noto unas cosquillas extrañas en la barriga, como cuando te subes a una montaña rusa de las grandes...

He llegado a Nueva York agotada. Las horas de avión, los nervios, el no dormir... Cuando he llegado al hotel que había reservado con antelación estaba taaaan cansada que no sabía ni cómo me llamaba. Solo tenía ganas de tirarme a dormir en la cama y olvidarme de todo. Y eso es lo que he hecho. En realidad, me he quedado dormida antes de que me diera tiempo ni a quitarme los zapatos. Cuando me he despertado no sabía ni dónde estaba, ni qué día era, ni qué hora era... ¡Nada!

«Madre mía, Patty, ¡tienes que centrarte un poco! —he pensado—. Las aventureras no se quedan dormidas vestidas con la babilla colgando...» Así que nada más abrir los ojos me he dado una buena ducha y, después de ponerme ropa limpia (¡qué gusto!), he bajado a recepción a pedir la contraseña del wifi. Allí, una chica con un moño enorme y redondo en lo alto de la cabeza (como una especie de bollo gigante) me ha dado un papelito con los datos sin hacerme mucho caso. De vuelta en la habitación, he sacado el portátil, he comprobado qué día y qué hora era (al final solo he dormido 8 horas, lo normal) y me he conectado al chat cifrado de New Spring para decirle a Sue que ya he llegado. Este era el plan, yo la avisaría cuando llegara y entonces ella me diría cómo seguir con el viaje. «Es por seguridad», dice siempre.

El caso es que al conectarme he visto que ella no estaba. Tampoco le he dado más importancia. Eran las dos de la tarde y he pensado que estaría comiendo. Y, bien pensado, yo también debería comer algo, llevaba horas sin probar bocado y mi estómago estaba empezando a rugir como un león de la selva.

Así que sin darle más vueltas al tema, he bajado a la calle en busca de algún sitio donde comer. Pero, al pisar la acera, por primera vez, he sido consciente de dónde estaba... ¡Nueva York! He levantado la vista y por poco me da un pasmo. Los rascacielos son altísimos, casi no se ve dónde acaban... La calle estaba llena de gente, de ruido, de olores... aunque también de humo, de contaminación... Pero en ese momento, casi ni me ha importado; estaba tan flipada por lo que estaba viendo que solo se me ha ocurrido echar a andar con la cabeza caída hacia atrás mirando aquellos edificios inacabables, la boca abierta por la sorpresa y los ojos como platos.

—*Watch out!*

Una mujer enorme me ha sacado de mi enmimismamiento. He chocado con ella y casi le tiro el café que llevaba en la mano.

—Ay, perdón.

Piiiiiiiiiiip.

Eso ha sido un claxon de un taxista que me estaba maldiciendo en arameo, porque al apartarme de la mujer me he bajado sin querer de la acera.

—Ay, perdóóóóóóón.

Plaf.

Al suelo.

Estresada y agobiada, no he visto una papelera que me ha hecho perder el equilibrio y caer al suelo de morros. «Menuda aventurera estás tú hecha —he pensado—. Será mejor que te calmes, mires por dónde vas y busques un sitio para comer antes de que te desmayes de hambre o te atropelle o un autobús.»

Entonces, como una aparición, al levantarme, he visto una cafetería en aquella misma esquina. No era muy grande, pero era chulísima, la típica cafetería estadounidense, con los asientos de escay de colores, un neón en la puerta (que decía Juliette's), una barra larga de color blanco y camareras cafetera en mano, vestidas con cofia y delantal blancos sobre vestidos color verde menta. ¡Como recién salida de los años cincuenta! ¡O de una película! He comprobado que no me había hecho daño, me he sacudido un poco la ropa, me he recolocado el pelo y he abierto la puerta. Dentro olía a café y a tortitas, y en la radio sonaba lo último de Beyoncé. Antes de que me diera tiempo a sentarme, ha aparecido una camarera monísima. Llevaba el pelo teñido del mismo color verde que su vestido, los ojos muy maquillados y los labios bien rojos. No era muy alta y, al caminar, se movía con un garbo espectacular, como si en lugar de servir cafés estuviera desfilando por la pasarela más importante del mundo. Su sonrisa parecía sincera. Me ha caído bien casi instantáneamente.

—Buenos días, ¿qué te apetece? —me ha dicho.

—Una torre de tortitas con mantequilla y sirope y un batido de chocolate.

—Qué acento tan bonito, ¿de dónde eres?

—De España.

—Oh, me encanta España, fui una vez de vacaciones con mi familia y lo pasamos genial. ¿Es la primera vez que vienes a Nueva York?

—Sí, acabo de llegar, pero no creo que me quede mucho. Estoy de paso.

—Ah, muy bien, y ¿adónde vas?

No me apetecía mentirle, pero no se lo podía decir.

—Pues aún no lo sé. Me apetece visitar el país.

—Bueno, en cualquier caso, bienvenida a Nueva York. Espero que disfrutes del tiempo que pases aquí.

—Muchas gracias... —me he fijado que llevaba una chapita con su nombre enganchada en el delantal—, Peggy. Yo soy Patty. Encantada de conocerte.

—Igualmente, Patty. Si tienes más hambre, ya sabes, llámame. —Y me ha guiñado un ojo.

He mirado el plato de tortitas y, al probarlas, por un momento, he tenido la sensación de que estaba tocando una orquesta. ¡¡¡Estaban deliciosas!!! Estaban taaaan buenas que he tenido que ir con cuidado de no atragantarme. No podía parar de comer.

Después del desayuno (¿o ha sido una comida? el *jet lag* me lleva un poco loca) he pensado en ir a dar una vuelta por Nueva York (eso sí, mirando de frente y no embobándome para no volverme a chocar con nadie), pero entonces he recordado que no había podido hablar con Sue y que ella no sabía que yo había llegado, así que he pensado que lo más sencillo era subir un momento al hotel, avisar a Sue y, ya si eso, salir luego a dar una vuelta. Total, nadie se va a llevar la ciudad a ningún sitio.

6

Sin noticias de Sue

Así que he salido de Juliette's y he rehecho el camino hasta el hotel. En realidad, solo he tenido que caminar un momento porque, aunque me ha dado tiempo de arrollar a una mujer, dejarme atropellar por un taxista y comerme una papelera, apenas he girado la esquina.

He saludado a la chica del moño, que creo que ni me ha visto, y he vuelto a la habitación. Ahora que ya estoy despejada y he comido algo, me he fijado en que ¡es pequeñísima! ¡Diminuta! La cama ocupa prácticamente todo el espacio, y lo que queda libre de suelo está ocupado por mis dos maletas. El baño también es el más pequeño que he visto en toda mi vida pero, al menos, no tengo que compartirlo. El caso es que he pensado que era igual. Sue me ha dicho varias veces que no voy a estar muchos días en Nueva York, dos o tres a lo sumo. Me lo dirá cuando hablemos.

He sacado el portátil otra vez y me he conectado al chat. Pero ahí no había nadie. He mirado el reloj. Eran las cinco de la tarde. No era una hora rara, Sue debería estar conectada. Además, ella sabía que yo llegaba hoy a Nueva York. ¡Tendría que estar enganchada a la pantalla!

Entonces he pensado que, a lo mejor, se había puesto a jugar y se había olvidado de la hora. Seguro. Hay muchas veces que jugando, jugando, pierdes la noción del tiempo, ¡que me lo digan a mí! Así que he entrado en el juego pero he tenido que frotarme muy fuerte los ojos para asegurarme de que lo que estaba viendo era real. Después de poner la contraseña, me ha saltado una pantalla que decía: «El clan "The Unicorns" ya no existe. Puedes unirte a otro clan.»

—¡¿Peeeerdonaaaaa?! —he gritado, como si la pantalla emergente pudiera contestarme o algo. He pensado que tenía que haber pasado algo raro, un servidor se había caído o alguien le había dado al botón que no era y la había liado parda. Esas cosas que pasan... así que he empezado a buscar a todos los miembros que recordaba del clan en la lista de jugadores. Pero no estaban. Ni siquiera Sue.

Me he quedado paralizada. Pero ¿qué está pasando? ¿Se los ha tragado la tierra? He sacado el móvil y he comprobado todos los mensajes. La mayoría eran de amigos y familiares que querían saber si había llegado bien. Los he contestado todos, pero no había nada de Sue. Ni en el juego, ni en el chat, ni en Instagram... Entonces se me ha ocurrido mandar un mensaje a la cuenta de WeLoveGreen; al fin y al cabo, Sue me dijo que tenía relación con New Spring. He pensado en un mensaje que no fuera sospechoso, pero que no revelara nada, y lo he mandado: «¡Hola! Soy Patty. He ido a Nueva York a pasar unos días. ¿Tú has estado alguna vez? ¿Me recomiendas alguna cosa?» He mirado por la ventana y he visto que estaba anocheciendo. He bajado un momento a la calle y he comprado comida en una tienda. Galletas, bebida, cereales, chocolate, patatas... No pienso salir de la habitación hasta que Sue me conteste, así que voy a atrincherarme aquí con mi comida hasta saber qué está pasando.

No recuerdo muy bien lo que ha pasado estos últimos tres días. Solo sé que no he salido de la habitación y que me he dedicado a actualizar compulsivamente las pantallas del chat, del juego y de Instagram con la esperanza de que, en algún momento, se iluminaran. A ratos he puesto alguna serie o alguna película en el ordenador, pero no consigo concentrarme y no tengo ni idea de qué he visto. También he dormido a ratos y, en general, me he quedado aquí en la cama dándole vueltas a qué puede haber pasado y qué voy a hacer yo.

La cosa está clara. Yo me he gastado casi todos mis ahorros en el billete de avión. Sue me había dicho que el dinero no iba a ser un problema, así que yo estaba la mar de pancha. Pero ahora no tengo dinero para comprar un billete de vuelta, y tampoco para pagar este hotel muchos días, y no puedo pedir dinero prestado a nadie porque tendría que explicar lo que me ha pasado...

Por otro lado, ¿qué le ha pasado a Sue? ¿Acaso ha sido todo una broma? Si es una broma, ¿qué sentido tiene? Al fin y al cabo, no puede verme aquí tirada en Nueva York, así que ¿dónde está la gracia? No puede ser una broma. Algo grave tiene que haber sucedido, Sue no me dejaría tirada. Quizá no nos hemos visto en persona, pero yo sé que ella no es capaz de hacerme esto. Y ¿qué puede haber pasado? A lo mejor se les ha estropeado la conexión a internet y solo es cuestión de unos días. O a lo mejor los han descubierto y han decidido esconderse una temporada. Lo malo es que Sue nunca me ha llegado a decir en qué montañas de Estados Unidos están, así que yo tampoco puedo ir a buscarlos... Menudo lío.

No sé cuánto tiempo he pasado así, comiendo ganchitos y mirando a la pared, que, por cierto, necesita una mano de pintura, y a la pantalla del ordenador, cuando, de repente, alguien ha llamado a la puerta. Me he levantado de un salto y he preguntado quién era:

—¡Del hotel!

He abierto la puerta y me he encontrado a mi amiga la del moño mirándome con cara de preocupación.

—¿Está usted bien? —me ha preguntado.

—Sí, perfectamente, ¿por qué?

—Pues porque hace tres días que no sale de la habitación y se le ha acabado la reserva. Si quiere quedarse en el hotel tendrá que reservar y pagar por adelantado más tiempo. ¿Qué quiere hacer?

«¿Qué quiero hacer? —he pensado para mis adentros—. No voy a rendirme. Ahora no. Seguro que lo de Sue tiene una explicación y, si abandono ahora, no la sabré jamás... Calculo que me queda dinero para pagar una semana más en este hotel. Tengo una semana para encontrar una solución. ¡Ja! ¡Me sobran seis días!»

—Me quedaré una semana más, si no le importa.

—¿A mí? Mientras pague... Si me acompaña abajo, lo acabamos de formalizar.

La mujer del moño ha dado media vuelta y ha echado a andar por el pasillo. Yo he entrado en la habitación, ha agarrado la tarjeta de crédito y, sin darle muchas vueltas más, la he seguido a recepción.

7

¡POR SUPUESTO QUE SÉ HACER DE CAMARERA!

He vuelto a la habitación y he pensado en el siguiente paso. Pero no me ha dado tiempo a reflexionar gran cosa cuando mi estómago ha soltado un descomunal rugido de queja. Si escuchabas con atención podías oírlo clamar: «Los ganchitos no alimentaaaaan... Necesito comidaaaaa...» He pensado que tenía razón. Llevo tres días comiendo cosas que salen de bolsas y ya es hora de comer algo un poco más normal. He pensado en Juliette's, he recordado a la simpática Peggy y también que aún me quedaba algo de dinero en el monedero. Seguro que con el estómago lleno me será muchísimo más fácil encontrar una solución.

Solo sentarme en una de las mesas del local, ya me ha

ayudado a recuperar el optimismo. El olor a comida y las conversaciones de la gente de fondo me han hecho sentir menos sola, más a gusto.

Enseguida ha aparecido Peggy, con su caminar seguro, pero, esta vez, me he fijado en que su maquillaje no estaba impecable como la última vez, sino más bien un poco desdibujado, como si hubiera llorado o se hubiera frotado los ojos con fuerza.

—Hola, guapa, ¿otra vez por aquí? ¿No me habías dicho que no ibas a quedarte en Nueva York? —me ha dicho forzando una sonrisa.

—Bueno, al final he cambiado de idea. He pensado que, a lo mejor, me quedaré un tiempo aquí en Nueva York.

—Vaya, ¡qué bien! —Pero la verdad es que su voz no sonaba muy entusiasmada. Me ha dado un poco de pena verla tan apagada, así que he decidido preguntar directamente.

—Perdona que me meta donde no me llaman, Peggy, pero ¿estás bien?

—¡Ay! ¡Eres un encanto! Sí, sí, estoy bien, no pasa nada. Solo es que una compañera, Libby, acaba de devolver su uniforme. En realidad, ella era actriz y, después de tres años haciendo cástings, ¡¡la han cogido para un gran musical de Broadway!! Yo me alegro muchísimo por ella, pero la voy a echar mucho de menos... ¿tanto se me nota?

—Bueno, un poco. Además, se te ha corrido el maquillaje.

—Vaya. Luego lo arreglo. Ahora, dime, ¿qué te apetece?

He pedido un plato combinado con huevos revueltos, patatas asadas, pollo y unas cuantas cosas más. Mientras comía, le he dado vueltas a una idea. Si la tal Libby se ha ido, eso quiere decir que ha quedado un puesto de camarera en Juliette's. Que, vale, yo no he hecho nunca de camarera, pero seguro que puedo aprender. Así ganaría dinero, que me serviría para quedarme en Nueva York hasta que Sue dé señales de vida, o volver a casa dentro de unos meses. He mirado a mi alrededor y he pensado que hay sitios peores donde trabajar, seguro. Y, además, ese uniforme verde menta hace juego con mis ojos. Cuando Peggy ha venido a recoger mi plato, se lo he soltado a bocajarro.

—Oye, Peggy, estaba yo pensando... Ahora que se ha ido tu compañera, vais a necesitar una nueva camarera, ¿no?

—Pues sí, tenemos que empezar a buscar...

—Se me ha ocurrido que, como Nueva York es tan cara, igual a mí me convendría tener un trabajo para poder pasar un tiempo aquí sin arruinarme. ¿Tú crees que tengo posibilidades?

—¡Pero qué buena idea! —ha exclamado recuperando su sonrisa—. Ven, acompáñame, vamos a contárselo a Juliette.

—¿Juliette?

—La jefa, claro. El bar se llama como ella. Ya verás, es buena gente.

Y, sin más, Peggy me ha acompañado a la cocina donde, delante de la parrilla, he visto a una mujer muy delgada con el pelo rizado y pelirrojo recogido de cualquier manera con una pinza detrás de la cabeza. Es una mujer mayor, debe de tener unos 50 años, pero da la vuelta a las hamburguesas con un garbo impresionante, más que cocinera, parece malabarista.

—¿Cuándo puedes empezar? —me ha preguntado casi sin mirarme.

—Pues... ahora mismo. —Total, tampoco tengo nada mejor que hacer, y solo con pensar en volver a mi diminuta habitación de hotel a comer ganchitos me ha entrado un escalofrío.

—Perfecto. Pues hoy te quedas a prueba y, si la superas, el puesto es tuyo. Peggy, dale un uniforme.

Peggy me ha mirado sonriendo de oreja a oreja y me ha arrastrado fuera de la cocina hacia una habitación lateral. Me ha dado el uniforme, me ha ayudado a atarme el delantal y también me ha hecho una trenza larguísima.

—Tienes un pelo precioso, pero no lo puedes llevar suelto. Es tan largo que lo acabarías metiendo en los platos.

Yo me he puesto a reír solo de pensar en la situación. Después de eso, solo recuerdo el caos. Ser camarera no es fácil, te pasas el día de un lado a otro, recordando pedidos, sonriendo, cargando con una bandeja enorme y pesada con cuidado de no tirar nada a nadie por encima... Al cabo de un par de horas tenía los pies molidos y los brazos me dolían tanto que tenía dudas de si alguna vez sería capaz de volverlos a levantar. Pero cada vez que me fallaban las fuerzas, pensaba en New Spring y en cómo todo lo que estaba haciendo me ayudaría cuando llegara allí. Al fin y al cabo, si pienso plantar mi propia comida, más me vale tener los brazos fuertes. Juliette's me va a ahorrar el gimnasio.

Y la verdad es que Peggy se ha portado superbién y me ha echado una mano en todo, todo el rato. Ha sido bastante divertido verla hacer muecas y señas a lo lejos cuando veía que estaba a punto de liarla. Pero, por fin, después de lo que me han parecido mil horas, ha llegado la hora de cerrar. Peggy ha abierto el bote de las propinas y me ha dado un montón de billetes y monedas.

—¡Tu primer sueldo!

Lo he mirado y he pensado que con aquello podía pagar un par de días más de hotel. No está mal.

—Veo que has sobrevivido. —Mi jefa ha salido de la cocina vestida de calle. Sin el delantal y todo lo demás, parecía una vieja rockera: pantalones y chaqueta de cuero y pañuelo rojo intenso al cuello—. ¡Enhorabuena, ya eres una más de Juliette's! —me ha dicho dándome un abrazo.

—Gracias, gracias, muchas gracias.

—No hay de qué. Entre chicas tenemos que ayudarnos, ¿no crees? No me des las gracias, solo prométeme que la próxima vez que veas a una chica en apuros, tú también la ayudarás sin hacer preguntas.

—Prometido.

8

La señal

Después de seis meses trabajando en Juliette's, hay días que casi se me olvida por qué he venido a Nueva York. Sue no ha dado señales de vida, aunque yo sigo conectándome al chat casi a diario, pero nada. Después de un par de semanas en el hotel, me mudé a vivir con Peggy, que tenía una habitación libre en su apartamento compartido. Ahora mi habitación no es mucho más grande, pero al menos no es tan deprimente. A veces pienso en New Spring y me pregunto qué habrá sido de ellos, si han desaparecido, si se han arrepentido de invitarme a vivir con ellos... No sé qué pensar.

El trabajo de camarera se me da bien y estoy volviendo a ahorrar. La verdad es que ya tengo bastante dinero para comprar un billete de vuelta a casa, pero no soy capaz de decidirme. Tengo la sensación de que, si me voy, nunca llegaré a saber qué ha pasado. Y me da rabia vivir para siempre con la duda.

Además, he hecho amigos. No solo Peggy, las demás chicas del piso y las camareras de Juliette's. Resulta que un día que estaba sola en el bar, la cafetera, que es más vieja que la tos y que falla cuando menos te lo esperas, empezó a hacer unos ruidos rarísimos y a soltar agua sin control. Yo estaba ahí parada mirando sin saber muy bien qué hacer cuando un cliente me preguntó:

—¿Necesitas ayuda? Se me dan bien las máquinas.

—Pues sí, me harías un favor... Parece que la cafetera está poseída o algo...

Él se puso a reír, pasó detrás de la barra y en menos de un minuto hizo que aquel trasto dejara de traquetear y soltar agua y empezara a comportarse como una cafetera normal.

—¡Muchísimas gracias! Al próximo café invito yo...

—Makiman.

—¿Makiman? ¡Qué nombre más original! Yo soy Patty.

—Bueno, en realidad no me llamo así, claro, pero es como me llama todo el mundo. Se me dan bien las máquinas. Cualquier cosa que se pueda montar y desmontar.

—¡Ni que lo digas! ¡Lo que has hecho con la cafetera ha sido un milagro!

—Mi sueño es montar un taller de motos, pero de momento trabajo de vigilante nocturno en el hotel de aquí al lado. Entro en un rato.

—¿En serio? A mí también me encantan las motos. Y cuando veo las que van aquí por la calle, me dan unas ganas de comprarme una...

—Si alguna vez te decides, dímelo, conozco a gente y te puedo ayudar a elegir.

—Pues me lo apunto, Makiman. Gracias otra vez por ayudarme con la cafetera. Nos vemos por aquí.

La verdad es que me pareció bastante guapo y, sobre todo, muy simpático. A partir de entonces, cuando viene se sienta en la barra y charlamos. Resulta que él también viene de España aunque, como lleva más tiempo aquí, se le nota menos el acento y, después de unas cuantas conversaciones sobre motos, Nueva York, sobre cómo es vivir en otro país y un montón de cosas más, he descubierto que a él también le preocupan el medio ambiente y los animales, especialmente los perros, como a mí. Quizá a él también le gustaría venir a New Spring si es que al final existe... En cualquier caso, es guay tener un amigo así, la verdad, alguien con quien hablar en castellano, que comparte gustos y sentido del humor.

El caso es que siempre que pienso en volver a casa pienso en él, en Peggy y en las chicas y me da un poco de pena. Así que siempre decido quedarme una semana más y seguir esperando una señal. La señal que me diga qué tengo que hacer.

Y ha llegado.

Estaba yo hoy trasteando por Instagram cuando, de repente, una publicación me ha llamado la atención. Era una ilustración en la que se veía un unicornio blanco con el cuerno de colores, acompañado de un dragón rojo y negro. Me he parado a mirarlo y he visto que la publicación era de la cuenta WeLoveGreen. El corazón me ha dado un vuelco. He seguido bajando y he leído la publicación. Decía: «Cuando los unicornios desaparecieron, los dragones fueron en su busca.» No podía ser casualidad. Unicornios, dragones, ¡¡aquella publicación estaba hablando de mí!! ¡Sue, o alguien de New Spring, se estaba comunicando conmigo! ¡¡Por fin!! Le he dado al Me gusta y, al momento, he pulsado en el perfil de WeLoveGreen y he empezado a repasar las publicaciones recientes. Después del unicornio, había una fotografía preciosa de una cabaña al lado de un lago. Por lo que sé, aquello podía ser tranquilamente New Spring, aunque no lo digan. La publicación decía: «Para entrar en el paraíso, primero hay que demostrar ser digno. Y no basta con tomar un avión, ni conversar, ni mandar vídeos. El viaje hasta el paraíso es largo y está lleno de pruebas. Quien tiene fe y perseverancia, supera la primera.» Le he dado al Me gusta y he seguido leyendo conteniendo la respiración. En la siguiente fotografía se veían unas montañas y un solo mensaje: «Al sur.» Le he dado al Me gusta y he empezado a dar saltos por la habitación. ¡¡Sí, sí, por fiiiiiiiin!! ¡¡Se han puesto en contacto conmigo!! ¡¡Conmigo!! ¡¡New Spring es real y me están esperando!! Ha llegado el momento de emprender el viaje y, por primera vez, tengo un destino: ¡al sur!

9

¿POR QUÉ NO ME ACOMPAÑAS?

¡Qué cosas! Después de meses esperando una señal de New Spring, ahora que la tengo no sé qué hacer. Es decir, ¡claro que sigo queriendo conocer a Sue y a los demás, y vivir con ellos en la naturaleza y salvar el mundo! ¡Por supuesto! Pero es que, después de tanto tiempo en Nueva York, en Juliette's y todo eso, ahora me da muchísima pena irme. Solo de pensar que no volveré a reírme con los chistes de Peggy o que no voy a tomar café con Makiman se me rompe el corazón.

Aunque creo que todo eso no es más que una excusa... En realidad, hay otro motivo. Hace unas semanas que he conocido a alguien. Es muy guapo, tiene el pelo negro, es supercariñoso... ¡y tiene cuatro patas! ¡Sí, es un perro! Lo conocí un día que salí por la puerta de atrás del restaurante a tirar la basura. Creo que él sabía lo que iba a hacer y que estaba esperando para ver qué podía pillar. Lo vi escondido entre los cubos. Era un pitbull precioso, pero con pinta de llevar semanas en la calle. Cuando intenté acercarme se puso a gruñir. Normal. No me conocía de nada y no se fiaba. A saber lo que le habrá pasado en todo este tiempo... Pero el caso es que volví dentro y salí con un cuenco con agua fresca y unas hamburguesas que habían sobrado al final del turno anterior. Lo dejé todo en el suelo, volví para dentro y me quedé espiando por la puerta entreabierta. Él, en cuanto vio que me había ido, salió corriendo de entre las bolsas, y entonces vi que estaba muy flaco. Debía de llevar meses comiendo de la basura. Devoró toda la carne de un bocado y se acabó el agua en tres lametazos. Casi sin pensar, le puse nombre. Lo llamé Thor, y, a partir de ese día, me dediqué a vigilar el patio trasero siempre

que estaba en el trabajo para ir dándole comida y cuidándolo.

Por suerte, está funcionando, y, poco a poco, Thor ha ido ganando peso. Estoy muy contenta, porque ya hace unos días que se deja acariciar y hasta juego con él a tirarle la pelota. La verdad es que le he cogido mucho cariño. De hecho, estaba pensando en hablar con Peggy para llevarlo a casa. Pero ahora, si me voy, ¿quién va a cuidar de él? No puedo dejarlo solo.

Precisamente estaba yo ayer pensando en eso mientras atendía a los clientes, cuando llegó Makiman a tomar su café de antes de ir a trabajar. De hecho, estaba tan distraída con Thor y New Spring que, al servirle, estuve a punto de tirarle el café por encima.

—¡Eh, Patty, que la taza está ahí! ¡Me vas a achicharrar!

—Ay, perdona, perdona...

—Y te he pedido un dónut, no tarta de cereza...

—Ay, sí, qué cabeza...

—Pero ¿qué te pasa a ti hoy? ¡Estás empanada!

—¿Qué? ¿Yo? —Makiman me ha mirado con un gesto de «Sí, claro que tú»—. Esto... sí, bueno, un poco sí. No sé, diablito... —Sí, a Maki también lo llamo diablito, ya he dicho que yo llamo así a la gente que me cae bien.

—Me estás preocupando ¿En serio que estás bien?

—Me di cuenta de que me estaba mirando como si estuviera a punto de llamar a urgencias.

—Eh... Bueno... La verdad es que sí y no. —Intenté sonreír para tranquilizarlo—. En realidad, me iría bien hablar con alguien, pero largo y tendido...

—Ya sabes que puedes hablar conmigo cuando quieras. ¿Te va bien mañana por la tarde?

—Pues sí.

—Genial, ¿por qué no vamos a dar una vuelta por el parque y me cuentas?

Y eso es lo que hemos hecho hoy. Pero yo me he pasado toda la noche dándole vueltas y más vueltas a si podía o no explicarle a Makiman lo de New Spring. Por un lado, en mi cabeza resonaba la voz de Sue diciendo «Es un secreeeeetoooo» (que, en realidad, como ella y yo chateábamos nunca se lo he oído decir, pero en mi cabeza suena con una voz como de fantasma...). Peeeeeero Sue también me dijo que sí que se puede hablar de New Spring con posibles candidatos a vivir allí. Así que he repasado mentalmente todas las conversaciones que he tenido con Makiman en estos meses y he llegado a la conclusión de que sí. Que él podría ser candidato a vivir en New Spring: le gusta la naturaleza, le gustan los animales y le preocupa el medio ambiente. ¡Como a mí! Además, a mí me iría genial tener un compañero de viaje, y yo creo que cuando hable con Sue lo va a entender perfectamente. Así que he decidido contárselo todo y cruzar los dedos.

Pero lo cierto es que, sobre todo al principio, ha sido todo un poco raro. Makiman me miraba con los ojos desorbitados, como si le estuviera contando una película mala, ¡tendríais que haberle visto la cara! ¡Estaba alucinando en colores! Aunque yo no le culpo, el pobre ha descubierto en un par de horas lo que yo tardé meses... Que ya me habría gustado a mí contárselo poco a poco, pero es que no tengo tiempo que perder, quiero salir de viaje ya, no puedo hacerlo como hizo Sue conmigo.

Por un momento, he pensado que la había liado y que Makiman saldría corriendo y que no volvería a verlo nunca más. Pero cuando ya íbamos por la tercera vuelta al parque, ha empezado a entusiasmarse con la idea.

—Entonces, ¿piensas irte al sur a ver si los encuentras?

—Ajá.

—¿Porque lo has visto en Instagram?

—Bueno, dicho así suena fatal... Pero sí.

—¿Y cómo piensas hacerlo?

—Pues me compraré una moto y ya está. Tengo dinero ahorrado.

—¿Y qué piensas hacer con Thor?

—¡Ay, es verdad! Pues no, moto no. ¡Una furgoneta pequeña!

—También puedo quedarme yo con el perro, si quieres.

—Es que a él también le gustan los perros y la idea de tener uno le hace mucha ilusión.

—Ni de broma. Thor se viene conmigo. Pero...

—Pero ¿qué?

—¿Por qué no me acompañas, diablito?

—¿Yo? Pero ¿qué dices? Si a mí no me han invitado.

—Bueno, pero eso da igual. Lo tengo todo pensado. Cuando lleguemos yo se lo explico a Sue y ya está. Ella lo entenderá.

—¿Estás segura? ¿Y si se enfadan?

—Pero ¿por qué iban a enfadarse? Cuantos más seamos, mejor. Además, con tu don para arreglar máquinas y cacharros, algo me dice que les vas a resultar muy útil allí.

—No sééééé...

—Pero ¿por qué no?

—¿Y si al final no existen y todo esto es una broma o algo?

—A ver, punto número uno: esto es verdad de la buena y yo no tengo ninguna duda. —Él me ha mirado con cara de «no me vale»—. Y... punto número dos: pero si al final resulta que no, pues al menos habremos hecho unas vacaciones y habremos viajado un poquito. En todo este tiempo yo no he salido de Nueva York, ¡me apetece ver otros sitios!

—Ya, a mí también. —Maki se ha quedado en silencio un momento antes de seguir—. ¿Sabes? Creo que me has convencido, Patty. Me voy contigo —ha dicho finalmente con una sonrisa.

En ese momento yo he dado un grito de alegría tan fuerte que creo que se ha oído en medio Central Park. Aunque creo que él no se lo acaba de creer, y que viene por las vacaciones, la idea de ser dos me parece la mejor que he tenido nunca. Bueno, aunque, en realidad, vamos a ser tres: Makiman, Thor y yo.

¡Ahora solo queda volver a hacer la maleta y comprarnos la furgoneta!

10

EMPIEZA LA AVENTURA (OTRA VEZ)

Después de darle un par de vueltas a los preparativos, Makiman y yo hemos decidido que nos iremos de Nueva York la semana que viene. ¡No hay tiempo que perder!

Lo primero que hemos hecho es ir a una tienda de coches de segunda mano a buscar una furgoneta para que Thor pueda ir bien cómodo. Hemos acabado en un sitio como esos de las películas, con los coches aparcados en un solar con el precio escrito en el cristal delantero, banderolas de colores, altavoces con música estridente y un vendedor con pinta un poco extraña: traje de color marrón claro, pelo engominado hacia atrás, gafas de aviador y una sonrisa torcida que no inspiraba mucha confianza.

—Buenos días y bienvenidos a coches usados McFarleyn. ¡Mejor que nuevos! Si puedo ayudarles en algo...

Hemos ido allí porque, al pasar por delante, hemos visto que entre los coches aparcados había una furgoneta de color rojo que me ha enamorado. Además, era lo bastante grande para que Thor pueda ir detrás supercómodo.

—Sí, nos interesa esa furgoneta roja —le he dicho al vendedor.

—¡Oh! Excelente elección, señorita, si me permite decírselo. Estamos ante una furgoneta ideal para viajar, con buenos asientos, aire acondicionado, mucho espacio...

Parecía que no iba a callarse nunca cuando Makiman lo ha cortado en seco y le ha dicho:

—Todo eso está muy bien pero, ¿puede encender el motor?

—¿El motor?

—Es para oírlo.

—¿Para oírlo?

—Sí. ¡El sonido de un motor nunca engaña! Usted debería saberlo...

El vendedor lo ha mirado con una cara rarísima, pero Makiman ha abierto el capó del coche y ha mirado el motor fijamente mientras el vendedor lo arrancaba. Se ha concentrado unos minutos, luego me ha mirado a mí y me ha dicho:

—El motor está bien, ¡nos la quedamos!

Por supuesto, la peor parte ha sido explicar a Juliette y a Peggy que dejaba el trabajo. Sobre todo a Peggy, que es muy sentimental y no ha podido evitar ponerse a llorar.

—¡Te voy a echar mucho de menos, Patty! —me ha dicho mientras le caían dos rayas negras de rímel de los ojos y me abrazaba con fuerza. Me ha recordado el día que empecé a trabajar y ella lloraba por su antigua compañera.

—Y yo a ti, Peggy —le he contestado también entre lágrimas (¡no podía dejarla llorar sola!)—. Pero prometo que cuando vuelva a Nueva York vendré a visitaros. Y, además, seguiremos en contacto, ¡ya verás!

Juliette también me ha dado un abrazo muy fuerte y me ha deseado mucha suerte.

—Sabes que puedes volver cuando quieras, ¿eh?

—Gracias, Juliette. No sé qué habría hecho sin vosotras estos meses...

Después, he ido al patio trasero y, como en las últimas semanas, ahí estaba Thor. Pero esta vez yo llevaba un collar y una correa nuevecitos para poder llevármelo a casa. Él ha bajado la cabeza cuando ha visto el collar y ha dejado ponérselo sin problema. Después se ha puesto a caminar a mi lado superorgulloso y, así, hemos vuelto a casa dando un paseo.

—¡Buen perro, Thor! Mañana nos iremos de viaje con Makiman. ¡Ya verás, te va a encantar!

Por su parte, hacer la maleta ha sido lo más fácil del mundo. En estos meses no me ha dado tiempo a acumular nada, así que lo he vuelto a meter todo en las dos maletas, como antes de venir a Nueva York, y listo.

Después, he bajado al supermercado a comprar provisiones para el primer día de viaje y, al pasar por delante de una papelería, he visto algo que me ha llamado la atención. En el escaparate tenían unas pegatinas muy chulas, brillantes, de unicornios y dragones. Se me ha ocurrido una idea. He entrado y he comprado una de cada, un unicornio y un dragón. Después, he ido a la furgoneta y las he pegado en la parte de atrás. Luego, les he hecho una foto y la he colgado en Instagram con este texto: «Los dragones persiguen a los unicornios hacia el sur #aventura.»

Al llegar a casa al cabo de unos minutos, he visto que WeLoveGreen le había puesto un Me gusta. «¡¡Ajá!! —he pensado—. Yo tenía razón. Estoy segura de que WeLoveGreen eres tú Sue, y me has entendido.»

Aunque pensaba que los nervios no me dejarían, he dormido toda la noche de un tirón. Eso sí, con Thor subido a la cama y pegadito a mí. Él también ha dormido como un tronco, creo que hacía mucho tiempo que no dormía en una casa, y aún menos en una cama. A las ocho de la mañana, ha llegado Makiman con su maleta.

—¿Preparada, Patty?

—Yo sí, diablito, ¿y tú?

—Pues claro que sí.

—¡Entonces, vámonos!

Hemos subido al coche, hemos cargado las maletas, hemos puesto a Thor en la parte trasera y he encendido el motor mientras Makiman buscaba en el GPS la mejor ruta para salir de Nueva York.

—Entonces, ¿adónde vamos?

—Al sur.

—Ya, al sur, pero ¿adónde?

—Pues no lo sé, pero supongo que ya lo averiguaremos, de momento, al sur y punto.

—Lo que tú digas, Patty. ¡Tú eres la jefa!

II

La familia crece

Al cabo de una hora hemos dejado atrás Nueva York y hemos empezado a avanzar por una autopista en dirección sur. Yo conducía y Makiman iba mirando el mapa, cambiando la música y acariciando de vez en cuando a Thor, que, por lo demás, iba la mar de tranquilo en la parte de atrás. Creo que le gusta ir en coche. También le he dado mi móvil a Makiman y le he pedido que esté alerta por si recibo alguna notificación de WeLoveGreen. A estas alturas, estoy convencida de que si Sue me tiene que decir algo, me lo dirá por Instagram, aunque yo sigo conectándome al chat cada día por si acaso...

—Seguramente vamos a los Apalaches —me ha dicho Makiman en un momento dado.

—¿Por qué lo dices?

—Bueno, tú siempre dices que New Spring está en las montañas, ¿no?

—Sí, eso es lo que decía Sue.

—Pues las montañas más cercanas al sur de Nueva York son los Apalaches. El problema es que son muy grandes y, como no nos den más pistas, no sé yo si los vamos a encontrar...

—No te preocupes, estoy segura de que cuando sea necesario, recibiremos más noticias. Segura del todo.

Nunca había hecho un viaje largo en coche, y la verdad es que me está gustando bastante. Cuando tenemos hambre paramos en alguna área de servicio y comemos algo. En la última en la que hemos parado, las chicas llevaban uniformes muy parecidos al mío de Juliette's y no he podido evitar recordar a Peggy y a las demás. Lo cierto es que las echo de menos, pero Makiman es tan divertido, y Thor tan cariñoso, que enseguida se me pasa.

En una de estas áreas de servicio nos ha pasado algo inesperado. Al llegar, hemos abierto la puerta de atrás para que Thor pudiera bajar a estirar las patas y buscar un árbol donde vaciar la vejiga. Como la zona estaba bastante cerrada y el bar tenía unas ventanas muy grandes, lo hemos dejado a sus anchas mientras nosotros entrábamos a merendar. Cuando estábamos acabando, hemos visto que

Thor andaba jugando con otro perro. De lejos no se veía bien, pero parecía una perrita marrón y blanca, más o menos igual de grande que él.

Hemos pensado que debía de ser de otro de los clientes del bar y no le hemos dado mucha importancia al tema, la verdad.

Pero cuando hemos acabado la merienda y nos hemos ido a buscar a Thor, hemos visto que la perrita (porque sí, era una perrita y, además, tenía unos ojos azules chulísimos que de lejos no se veían) nos seguía. De cerca, ya no nos ha parecido que tuviera dueño, sino más bien lo contrario. Estaba un poco flaca, no tanto como Thor la primera vez que lo vi, pero un poco sí, y tenía pinta de haber estado durmiendo en la calle.

El tema es que cuando hemos llegado a la furgoneta, Thor se ha negado a subir. Se ha tirado al suelo y, cuando intentábamos moverlo, miraba a la perrita y aullaba.

—¿Y ahora qué hacemos? —le he preguntado a Makiman.

—A lo mejor tendríamos que preguntar a la gente del bar si saben de dónde ha salido la perrita. Quizá es de esta zona...

Y eso hemos hecho. Hemos entrado en el bar y les hemos preguntado a las camareras.

—¿La perra? Sí... lleva unas semanas por aquí. Alguien paró en el área de servicio y la dejó abandonada.

—¿En serio? ¡Pero cómo puede haber gente así! —he exclamado yo muy enfadada. Es que no puedo soportar a la gente que trata mal a los animales. ¡No puedo! Makiman me ha mirado igual de enfadado que yo.

—Ya, yo tampoco lo entiendo —ha dicho la camarera—. El problema es que ninguna de nosotras se la puede llevar a casa, ya nos gustaría, pero sí que le hemos estado dando comida y agua, porque nos daba pena...

Makiman y yo nos hemos mirado y no nos ha hecho falta decirnos nada.

—¿A ti te parecería bien que nos la quedáramos nosotros? —le he preguntado a la camarera—. Nuestro perro y ella han hecho buenas migas y solo de pensar en dejarla aquí... es que no puedo, ¡me sentiría fatal!

La camarera nos ha mirado y ha mirado por la ventana. Thor y la perrita se estaban persiguiendo y jugando por el parking. Parecían encantados de haberse conocido.

—Creo que con vosotros va a estar muy bien. Lleváosla, sí, será lo mejor.

—Te prometo que la cuidaremos muy bien, de verdad, no le va a faltar de nada —le he dicho mirándola a los ojos—. Por cierto, ¿tiene nombre?

—Nosotras la llamamos Kira y ella responde. Así que...

—Kira. Me gusta ese nombre ¿Y a ti, Maki?

—Sí, Kira. Suena bien.

—Pues Kira —he exclamado yo, contentísima.

Hemos salido del bar y hemos ido directos a la furgoneta a abrir la puerta trasera. Thor ha hecho ver que no nos veía, pero nosotros hemos llamado a Kira y le hemos ofrecido unas galletas de perro. Ella, sin pensárselo, ha venido corriendo y ha subido a la furgoneta de un salto. Inmediatamente después, ha aparecido Thor meneando la cola como si fuera un ventilador. Él también ha subido de un salto y nosotros hemos aprovechado para cerrar el portón. En cuanto hemos arrancado, los dos se han echado a dormir acurrucados uno encima del otro. Makiman se ha vuelto un momento y le ha acariciado la cabeza a Kira. Ella ha abierto un ojo y le ha lamido la mano.

—¡Qué bonita es! —ha dicho Maki—. Pues nada, parece que ya somos uno más... Espero que a los de New Spring no les importe...

—Seguro que no, diablito —he contestado yo muy decidida—. Ellos también tienen perros y, además, les encantan los animales. Cuando les cuente que los dos estaban abandonados lo van a entender perfectamente.

«Al menos eso espero», he pensado para mis adentros.

12

¿NO OYES ESO?

Cuando se ha hecho de noche hemos buscado un motel donde dormir. Lo primero que hemos preguntado en recepción al llegar ha sido si aceptaban animales. Hemos tenido suerte y no nos han puesto problemas.

—Eso sí, si se comen algo, ¡lo pagáis! —nos ha advertido la mujer sin apartar los ojos de la tele. Yo creo que ni ha visto a los perros...

El caso es que después de dormir toda la noche del tirón y comprobar que no he recibido ningún dato nuevo, hemos decidido seguir hacia el sur. ¡Siempre hacia el sur!

Cuando llevábamos ya un rato de trayecto, Makiman ha puesto una cara muy rara y ha empezado a mirar a un lado y a otro.

—¿Estás bien, Maki? ¿Te pasa algo?

—¿No oyes eso?

—¿El qué?

—¡Eso! —Makiman ha señalado al aire como si fuera lo más evidente del mundo.

Yo, que estaba conduciendo y no quería distraerme, he intentado aguzar el oído. Lo primero que me ha llegado ha sido el motor de la furgoneta, claro, pero eso lleva todo el día sonando, no podía ser que Makiman se diera cuenta ahora... También se oía respirar a Thor y a Kira, que estaban los dos mirando por la ventanilla con la lengua fuera, pero eso tampoco era raro...

—Ay, Maki, no sé, ¡yo no oigo nada!

—Que sí, que sí... Que hay algo que suena raro... Así como de fondo, flojito... como un ssssssss...

—Si tú lo dices...

Entonces, justo en ese momento, el coche de atrás ha empezado a tocar el claxon con insistencia.

—¿Qué le pasa a ese? —he exclamado yo un poco mosqueada.

Pero Maki se ha dado la vuelta y ha visto que el conductor le señalaba con grandes gestos una de las ruedas de nuestra furgoneta.

—¡Ajá! ¿Lo ves? ¡No me equivocaba! Creo que hemos pinchado una rueda...

—Pero ¿qué dices? No puede ser, si solo llevamos un día de viaje...

—Creo que será mejor que pares un momento a ver...

Cuando hemos salido del coche en el arcén, no había duda. Una de las ruedas traseras estaba pinchada y casi sin aire.

—¿Y ahora qué hacemos? —he dicho yo.

—Mira a ver si hay rueda de recambio...

He abierto el maletero, he convencido a Thor y a Kira para que se apartaran y he abierto el compartimento de la rueda de recambio. Pero en vez de una rueda me he encontrado una tarjeta:

Coches usados McFarleyn le informa de que
este coche no tiene rueda de recambio.
Rogamos disculpen las molestias.
Firmado: Coches usados McFarleyn. ¡Mejor que nuevos!

—¡Pero qué morro el tal McFarleyn! ¡Mejor que nuevo, dice!

—¿Qué pasa? —me ha preguntado Makiman.

—Pues, mira, que no hay rueda de recambio... ¿Qué hacemos ahora?

—Un momento... —Maki se ha sacado el móvil del bolsillo y ha empezado a trastear—. Según el GPS estamos muy cerca de un pueblo, yo creo que lo mejor va a ser empujar el coche hasta allí y buscar a un mecánico que nos eche una mano...

Así que nos hemos puesto a empujar el coche por el arcén mientras Thor y Kira nos miraban por la luna trasera alucinados. Debían de pensar: «¿Qué hacen estos pringados empujando, si los coches van solos?» Y lo peor no ha sido empujar, lo peor ha sido que hacía un calor de muerte... Yo ha habido momentos en que pensaba que me iba a dar un soponcio o algo.

—¡Ya estamos llegando! —ha dicho Makiman al girar una curva.

Al levantar la cabeza, he visto que tenía razón. Ahí estaba. No parecía un pueblo muy grande, pero seguro que tenían mecánico. Es imposible que un pueblo no tenga mecánico, ¿no?

Al llegar a la calle principal, hemos entrado en un colmado a preguntar por el mecánico.

—¿Qué os ha pasado, chicos? —nos ha preguntado el tendero, un abuelito calvo con las cejas grandes y muy blancas y unas gafas metálicas redondas sostenidas casi en la punta de la nariz.

—Hemos pinchado una rueda de la furgoneta y no tenemos una de repuesto —le he contestado yo.

—Vaya por Dios, qué contratiempo. Ahora mismo llamo a Joe para que venga a ver qué pasa.

Le hemos comprado unos bocadillos y agua al tendero como agradecimiento y nos hemos sentado en la acera a esperar al tal Joe. Hemos aprovechado para dejar salir a Thor y a Kira y darles también de comer.

Al cabo de un rato, ha aparecido un hombre con un

mono azul lleno de grasa acompañado de una chica joven con un mono a juego.

—¿Patty? ¿Makiman?

—Sí, somos nosotros.

—Soy Joe, el mecánico, y esta es mi hija Megan, que es mi ayudante. ¿Qué os ha pasado?

—Se nos ha pinchado la rueda y no tenemos de recambio.

—Uy —ha exclamado Joe después de agacharse a mirar el problema—, pero es que estas ruedas son viejísimas... ¿Cuánto hace que no las cambiáis?

—Pues ni idea —le he contestado yo— porque el coche es de segunda mano y lo acabamos de comprar...

—Pues como no cambie las cuatro ruedas, vais a ir visitando mecánicos en todos los pueblos, ¿verdad, Megan?

—Sí, papá, no había visto unas ruedas tan gastadas en toda mi vida...

«Mejor que nuevos... ¡pero qué morrooooo!», he pensado yo maldiciendo de nuevo al señor McFarleyn y su pelo engominado.

—Voy a buscar la grúa para llevarme esto al taller —nos ha dicho Joe—. Tardaré un par de horas, más o menos, podéis ir a dar una vuelta con los perros, si queréis. Por allí hay un parque muy bonito.

Así que Makiman y yo hemos cogido a los perros y nos hemos ido en la dirección que nos ha dicho Joe en busca del parque. Al llegar, Thor y Kira se han puesto a corretear por todas partes. Joe tenía razón, el sitio era precioso, muy verde, con árboles enormes, algunas ardillas (que han vuelto loco a Thor, que no paraba de perseguirlas) y una especie de riachuelo que cruzaba de un lado a otro. Maki y yo nos hemos sentado en un banco a disfrutar del momento, cuando hemos visto pasar a un hombre arrastrando a dos perros de sus correas. Los perros parecían gemelos, los dos negros y de tamaño mediano (más pequeños que Thor y Kira). El hombre, un tipo muy flaco, de pelo grasiento y un poco largo, ropa negra y cara de pocos amigos, no tenía pinta de ser ningún amante de los animales y no paraba de refunfuñar y quejarse porque los perros eran demasiado lentos. Al fijarme, me ha parecido que eran mayores.

Al momento, han aparecido Thor y Kira con ganas de jugar, lo que ha acabado de sacar de quicio al tipo flaco, que ha empezado a empujar a mis perros.

—¡Fuera, fuera de aquí, chuchos! ¡Dejadme en paz!

—Eh, señor, no toque a mis perros —le dicho mientras

Maki y yo nos acercábamos a proteger a nuestros animales—, que no le han hecho nada, solo quieren jugar.

—Pues lleváoslos, que bastante prisa tengo yo para andar entreteniéndome...

—Pero, hombre, ¿no ve que sus perros no pueden con su alma? Tiene que ir un poco más despacio...

—Total, para lo que les queda...

Al oír eso, un escalofrío me ha recorrido el cuerpo. He mirado a Maki pero él ya estaba preguntando:

—¿Qué quiere decir?

—Pues que estoy llevando a estos chuchos a la perrera. Su dueña era una señora muy mayor que se ha ido a vivir a una residencia y no le han dejado llevárselos con ella.

—¿Y qué les va a pasar ahora?

—Si nadie los adopta en una semana, cosa poco probable, porque son tirando a viejos, pues seguramente...

No ha acabado la frase, pero ya le hemos entendido. El hombre se ha encogido de hombros con indiferencia y ha intentado seguir adelante, pero los perros no le han seguido, estaban demasiado ocupados conociendo a Thor y a Kira.

—¿Y qué hay que hacer para adoptarlos? —he preguntado yo sin pensar. Maki me ha mirado con cara de «tú estás fatal», pero no me ha parado.

—Mira, la verdad, si los quieres, te los doy. Yo estoy hasta el gorro y tengo otras cosas mejores que hacer.

Yo lo he mirado sorprendida, pero he asentido antes de que cambiara de opinión.

—¡Fantástico! Mira, aquí dice —ha sacado unos papeles arrugados del bolsillo— que se llaman Thayson y Thula, son perro y perra, ya sabréis distinguirlos, supongo. Todos vuestros, yo me vuelvo a trabajar.

—Un momento, por curiosidad, ¿quién es usted?

—¿Yo? El alcalde. Pero este pueblo es tan pequeño que me toca hacer de todo. ¡De todo!

Y, sin despedirse, el tipo se ha ido refunfuñando igual que antes, pero sin los perros. Maki me ha mirado y solo me ha dicho:

—Suerte que la furgoneta es grande...

Pero yo he mirado a Thayson y a Thula y he pensado que estoy segura de que hemos hecho bien. ¡Cómo iba a permitir que aquellos perros acabaran en la perrera! Y más sabiendo que en New Spring van a estar fenomenal.

Después de pasar una hora en el parque jugando con todos nuestros perros hemos ido al taller de Joe y Megan a recoger la furgoneta.

—Lista —nos ha dicho él—. ¡Con estas ruedas podréis llegar al fin del mundo! Además, he comprobado el motor y está perfecto.

—¿Ves? ¡Te lo dije! —ha exclamado Makiman, orgulloso.

—Solo una pregunta —ha dicho Megan mirándonos con extrañeza—. Vosotros antes solo teníais dos perros, ¿verdad?

—Es una larga historia... —he respondido yo sin ganas de explicar lo del alcalde.

Y, sin más, nos hemos subido los seis al coche y hemos vuelto a la carretera.

13

NO ENTIENDO NADA

Después de unos días conduciendo en dirección sur y sin más noticias de Sue ni de nadie, Maki está empezando a dudar de New Spring. Y yo también un poco, por qué negarlo... Y no es que no me esté gustando el viaje, ¡al contrario! Además, si no hubiera decidido ir en busca de New Spring ahora no tendría esos cuatro perros preciosos y supercariñosos que duermen en la parte trasera de la furgoneta. (Eso sí que sería una pena...)

Pero, aun así, estoy empezando a preocuparme, aunque no le haya dicho nada a Maki. Los ratos que conduzco yo, como tengo que estar atenta, pues me pasan bastante rápido, pero cuando conduce Maki, empiezo a dar vueltas a la cabeza y ya no puedo parar. ¿Y si he interpretado mal las señales? ¿Y si los posts y los Me gusta de WeLoveGreen no quieren decir nada de nada? Entonces qué, ¿eh?

—¿Cuándo volveremos? —ha preguntado esta mañana Makiman como sin venir a cuento mientras conducía.

—No te entiendo —le he contestado haciéndome un poco la tonta, porque, aunque tenga mis dudas, no pienso reconocerlo en voz alta.

—Sí, que cuándo volveremos a casa. A Nueva York. Está claro que todo esto de New Spring no era más que una broma o algo así.

—¡No estoy de acuerdo! Yo sigo creyendo que es real y que solo hay que tener un poco de paciencia. Ya verás. Sue no me dejaría tirada...

—Yo lo siento mucho, Patty, pero he estado pensando y creo que si en dos días no dan señales de vida, yo me vuelvo a Nueva York...

—¿En serio, diablito? —he exclamado.

—No te enfades, Patty, no es que no me lo esté pasando genial contigo, pero no vamos a pasarnos toda la vida dando tumbos de motel en motel, ¿no? Además, yo no conozco a esa Sue, me cuesta mucho...

—¡Eh, eh, eh! ¡Un momento! ¡Me ha vibrado el móvil! —he gritado triunfalmente.

—Será Peggy, que querrá saber cómo estás...

—No, no, no, no, no.... Para nada... Huala... Flipante...

—Pero ¿qué es? ¿Déjame ver...?

—¿Tú estás tonto? ¡Que estás conduciendo!

—Bueno, pues explícamelo, que me estás poniendo muy nervioso.

—WeLoveGreen me ha mandado un privado. Creo que intenta decirme algo, pero está escrito en clave...

—¿En clave?

—Sí, yo creo que lo mejor sería parar en la próxima ciudad. A lo mejor necesitamos algo de ayuda para descifrar esto...

—Pues mira dónde estamos en el GPS y dime.

—A ver... Mira, en la próxima salida hay una ciudad. ¡Fantástico!

En cuanto hemos aparcado el coche, Maki casi me ha arrancado el móvil de las manos.

—Enséñame qué has recibido, va...

—Mira, espera, es esto:

—¿Y qué quiere decir?

—¿Y yo qué sé?

—Pero ¿la tal Sue no te pasó nunca mensajes en clave?

—Pues no. El chat que usamos es cifrado, pero las letras son normales...

—¿Y qué hacemos?

—Pues, a ver, lo primero buscar un motel para dejar allí a los perros y lo segundo ir a la biblioteca pública, que ya la he buscado en Google, y empezar a mirar libros y diccionarios a ver si encontramos alguna pista...

—¿Y tú crees que eso nos va a servir de algo? Podríamos buscarlo en internet.

—Ah, ¿sí? ¿El qué, listo? —Y, sin pestañear, le he dado el móvil.

Makiman se ha quedado con cara pensativa. Ha buscado la imagen en Google, pero no le ha salido nada (eso ya lo sabía yo, porque es lo primero que he hecho). Después se ha quedado en blanco, mirando la pantalla apretando los dientes muy fuerte como si haciendo eso se le fuera a ocurrir algo.

—¿Te rindes? —le he preguntado muerta de risa.

—Me rindo, toma. ¿Dónde dices que vamos?

Cuando Thor, Kira, Thula y Thayson se han quedado tranquilos en la habitación del motel, hemos ido a pie a la biblioteca, que estaba muy cerca. Si lo pienso, hace muuuucho tiempo que no piso una. Siempre había pensado que con esto de internet los libros ya no servían para nada, pero parece que estaba equivocada...

El edificio de la biblioteca no me ha parecido demasiado grande, aunque también hay que tener en cuenta que no estamos en Nueva York, sino en una ciudad pequeña, así que supongo que la biblioteca va a juego, ¿no? Al entrar, nos hemos encontrado con un mostrador alargado de color blanco y, tras él, a una chica más o menos de mi edad. Yo, que me esperaba a una bibliotecaria con pinta de aburrida, mayor, con gafas y una chaqueta de lana, me he encontrado con una chica asiática, con el pelo negro y muy largo recogido en dos coletas altas, una a cada lado de la cabeza, y vestida con una chaqueta como de peluche de color verde chillón. Llevaba unas gafas de pasta también verdes y muy grandes. Toda ella parecía como salida de un videoclip o de una revista de modas, y daba sorbitos a una especie de batido de color verde oscuro mientras leía un libro.

—Buenos días, ¿os puedo ayudar en algo? —nos ha dicho al vernos entrar.

—Sí, gracias —le he contestado—. ¿Nos puedes decir dónde están los diccionarios?

—Sí, claro, segunda planta, en la pared del fondo a la izquierda.

—Muchas gracias.

—De nada, si necesitáis alguna otra cosa, me lo decís.

Maki y yo hemos subido la escalera y hemos empezado a repasar toda la estantería de los diccionarios. Hemos mirado todos los libros y hemos comparado los distintos alfabetos con la fotografía de mi móvil. Chino, japonés, coreano, cirílico, árabe, sánscrito, escritura cuneiforme... yo qué sé, todo lo que no era nuestro abecedario lo hemos comprobado y, aunque había algunas letras que se parecían, la mayoría no. Entonces, he empezado a pasearme por la biblioteca para ver si leyendo títulos de libros me inspiraba y se me ocurría algo. He pasado de largo la sección de cocina y también la de jardinería, tampoco he mirado las novelas ni los libros infantiles. He repasado los libros de geografía y de historia, también los de lengua, pero nada. Ni rastro de los malditos simbolitos raros estos de los puntitos y las rayas...

—No se me ocurre nada, Maki —le he dicho en un susurro para no molestar al resto de personas de la sala.

—A lo mejor le podemos preguntar a la bibliotecaria.

—¿El qué?

—Pues si ha visto alguna vez estos símbolos...

—¡No podemos hacer eso! No sabemos qué tipo de persona es. No podemos ir contando lo de New Spring a todo el mundo...

—Pues ya me dirás qué hacemos... —me ha dicho Makiman, muy serio.

—¿Por qué no hablamos un poco más con ella antes de decidir nada?

—Vale.

Así que Maki y yo hemos bajado la escalera y nos hemos parado delante del mostrador, otra vez. Antes de que ella tuviera tiempo de decirnos nada, le he preguntado:

—¿Qué estás leyendo?

—¿Yo? Bueno, es un libro un poco antiguo, se llama *Primavera silenciosa*.

—¿Y de qué va?

—Pues habla de ecología. Explica qué pasaría si aumentara la contaminación y murieran todos los pájaros. También explica cómo se puede intentar evitar.

—Jo, qué interesante.

—Sí, es superinteresante. Es que a mí me interesa mucho el tema de la ecología y la defensa del medio ambiente, ¿sabes?

—Pues qué casualidad —he respondido yo, entusiasmada—, a nosotros también. Mucho.

—¿En serio? ¡Qué fuerte!

—Pues sí... ¿cómo te llamas?

—Jade, me llamo Jade.

—Encantada, Jade, yo soy Patty y él es Makiman.

—¿Habéis encontrado los diccionarios?

—Pues sí, pero no nos han servido de mucho, por eso hemos bajado a hablar contigo... —Antes de seguir, he mirado de reojo a Makiman, que me ha hecho un pequeño gesto con la cabeza que no sé si quería decir «dale» o «de perdidos al río»—. El caso es que hemos recibido una cosa que no conseguimos descifrar. Es un mensaje de unos amigos y, bueno, creo que nos están gastando una broma...

—¿A ver?

Le he enseñado la pantalla del móvil. Ella la ha mirado un momento y ha dicho:

—Esperad aquí un momento. Creo que esto lo he visto yo antes...

Y, sin dudarlo, ha echado escaleras arriba. Al salir de detrás del mostrador he visto que llevaba unas botas hasta las rodillas con suelas de plataforma del mismo color verde que la chaqueta y unos pantalones negros, que eran lo único discreto de su atuendo.

Ha vuelto al cabo de un rato con cinco libros que ha empezado a hojear mirando fijamente la pantalla de mi móvil.

—A ver... este no... esto se parece, pero tampoco... No,

no, esto no es... —iba murmurando mientras pasaba las páginas a la velocidad de la luz hasta que se ha parado en una y me la ha enseñado con una sonrisa triunfal—: ¡aquí está! ¡Sabía que lo había visto antes!

He mirado la página y he visto algo que me ha parecido aún más raro que el mensaje:

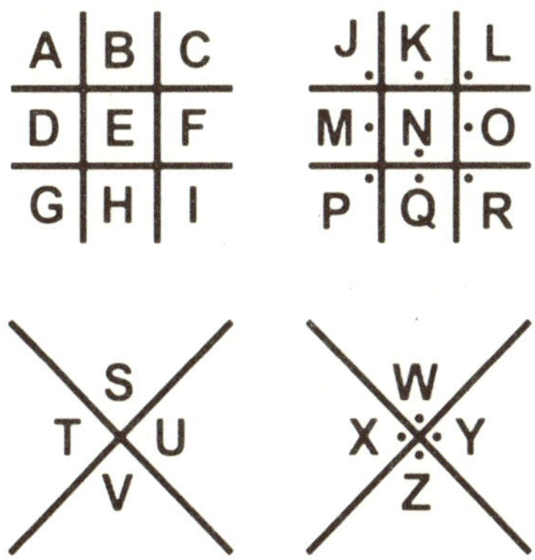

Antes de que me diera tiempo a preguntar, Jade ya había empezado a explicarse:

—Se llama código PigPen y es muy muy antiguo. Ya casi no se usa, porque se puede encontrar en los libros, pero la mayoría de la gente no lo conoce. Es del siglo XV o XVI y lo usaban las sociedades secretas europeas para mandarse mensajes en clave. Cada letra corresponde con el símbolo que la rodea en el gráfico. Cuando lo tienes al lado, es facilísimo de descifrar...

—¿Cómo sabes tantas cosas? Estoy flipando.

—Hace tiempo que vigilo la biblioteca y me encanta leer. Así que me he leído muchos de los libros que hay aquí guardados. Y, además, tengo buena memoria...

—¡Ya veo! Entonces, ¿nos ayudas a descifrar esto?

—¡Sí, claro!, dame.

Y, en un momento, Jade me ha dado un papel en el que había escrita esta frase: «Busca a Mantema en Greenville, Mississippi.»

—Qué mensaje más raro... —ha dicho Jade.

—Eh... bueno, no... es decir, Mantema es un amigo...

—¿Y es indio?

—¿Qué? ¿Por qué dices eso? —le he preguntado completamente descolocada.

—Pues porque Mantema es un nombre indio. Y, por cierto, de mujer. Significa «la que entrega algo sagrado». Así que me extrañaría que tu amigo se llamara así.

—¿Nos disculpas un momento?

He agarrado a Makiman del brazo y me lo he llevado fuera.

—¿Qué hacemos? ¿Le decimos adónde vamos? —le he preguntado—. Es lista, es ecologista y a mí se me da fatal mentir. Estoy segura de que en New Spring hace falta un cerebro como el suyo, ¿no crees, diablito?

—Sí, en teoría lo que dices tiene lógica, pero no estamos seguro de que quieran aceptar a tanta gente, ¿no?

—No. Pero ¿y si más adelante nos mandan otra pista que no sepamos descifrar? Los aventureros siempre van en grupo. ¡Hasta Indiana Jones va siempre acompañado! Pues yo también.

—Como tú digas, ya te dije en Nueva York que la jefa eras tú... —me ha dicho Makiman guiñándome un ojo.

Así que, sin darle muchas más vueltas, hemos entrado de nuevo y hemos invitado a cenar a Jade para agradecerle su ayuda. Ella ha aceptado, claro, así que por la noche hemos ido a comer unas hamburguesas a un restaurante de la ciudad y le hemos explicado lo de New Spring lo mejor que hemos podido. Ella, claro, ha alucinado, aunque nos ha contado que algo había oído alguna vez sobre que en algún lugar de Estados Unidos se estaba organizando un pueblo autosuficiente que pretendía vivir en armonía con la naturaleza, pero, nunca había logrado contactar con ellos.

—Y mira que lo he intentado —nos ha contado—. Me he pasado meses posteando cosas sobre ecología y medio ambiente en todas mis redes sociales y buscando otros perfiles y comentado y todo eso... Y resulta que tenéis que ser vosotros quienes me invitéis en persona. ¡Es muy fuerte! ¿Cuándo os vais?

—Pues, mañana mismo. ¿Puedes acompañarnos?

—No te lo vas a creer pero, justo mañana, empiezan mis vacaciones. Tengo un mes. Perfecto para ir con vosotros. Si llegamos a New Spring y me dejan quedarme, ya mandaré un correo electrónico explicando alguna cosa. Si no... pues volveré y seguiré trabajando en la biblioteca, como siempre.

—Genial, solo una última pregunta: no serás alérgica a los perros...

Por suerte, Jade no solo no es alérgica a los perros, sino que le encantan. Qué bien, porque para viajar con nosotros en la furgoneta eso era algo tirando a imprescindible. Al final, hemos quedado mañana delante de la biblioteca. Recogeremos a Jade y su equipaje y pondremos rumbo a Greenville, Mississippi. Hemos calculado que en tres o cuatro días habremos llegado. Solo de pensar que New Spring está tan cerca, me dan escalofríos... Es tan emocionante...

A la mañana siguiente, ya en el coche, he pensado que debería mandarle alguna respuesta en clave a WeLoveGreen para que quedara claro que habíamos captado el mensaje. Así que he escrito a mano en un papel:

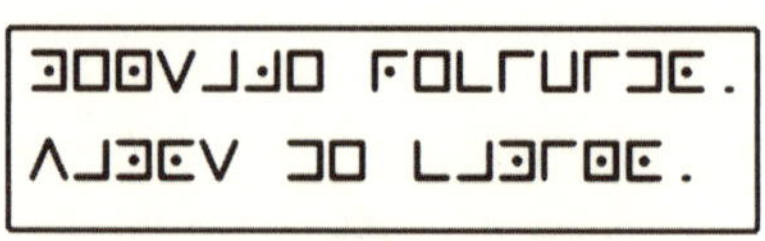

Le he hecho una foto y se la he mandado por privado de Instagram. Su respuesta no se ha hecho esperar.

Cuando vuelva a ver a Sue juro que me las va a pagar por todos los acertijos... ¡Ya le vale!

14

Una tormenta inesperada

—¿¡En serio que todos estos perros son vuestros!?

Jade ha alucinado cuando nos ha visto llegar con la furgoneta y ha conocido a Thor, Kira, Thula y Thayson. Que no es que no se lo hubiéramos dicho, pero una cosa es contarlo y otra verlo con tus propios ojos. Por suerte, se han caído bien al momento. Después de una sesión de mimos, lametones, caricias y carantoñas, hemos decidido que era el momento de retomar el viaje. Antes de arrancar, he mirado un momento a todos los que vamos en la furgoneta y no he podido evitar sonreír. Nunca habría pensado que se podían hacer tantos amigos en tan poco tiempo.

Cuando hemos salido de la ciudad, hacía un día espléndido pero, a mediodía, la cosa se ha empezado a torcer. De repente, como si alguien hubiese apretado un interruptor de «mal tiempo», el cielo se ha llenado de nubes grises y ha empezado a lloviznar.

—¡Qué palo! —ha dicho Makiman—. Espero que deje de llover antes de esta noche, si no, cuando salgamos a pasear a las fieras ¡nos vamos a poner perdidos de agua!

Jade y yo nos hemos reído al pensarlo, pero a medida que avanzábamos, la lluvia se ha ido convirtiendo en tormenta. Al principio se oían truenos a lo lejos, pero al cabo de un rato hemos empezado a ver unos relámpagos impresionantes que brillaban con fuerza en el cielo, como si alguien los hubiera dibujado.

—Creo que sería mejor que paráramos en algún sitio, chicos —ha dicho Jade desde el asiento de atrás.

—¿Por qué, diablita? No pasa nada, solo es una tormenta —le he dicho yo tan tranquila sin dejar de conducir.

—Tienes razón, pero nuestros amigos no lo ven tan claro y creo que estarían más tranquilos si estuviéramos a cubierto. ¿No los oyes?

El ruido de la lluvia no me estaba dejando oírlos, pero los perros estaban llorando en la parte de atrás de la furgoneta. Así que Makiman ha mirado el mapa, ha visto que había un motel muy cerquita y hacia allí nos hemos ido. Cuando hemos llegado, llovía tanto que en el trayecto entre bajar del coche y llegar a recepción nos hemos empapado como si nos hubiéramos tirado a una piscina vestidos.

La única suerte es que el motel aceptaba mascotas, así que hemos reservado una habitación grande y hemos ido a secarnos. Al ir hacia nuestra habitación, nos hemos cruzado con dos personas que me han llamado mucho la atención. Iban vestidos de arriba abajo con ropa impermeable: chaqueta, pantalones, botas altas, gorros... De hecho, iban tan tapados que era imposible saber si eran chicos o chicas. Además, iban muy cargados. Llevaban unas mochilas enormes a la espalda con unas bolsas que también parecían impermeables, y lo más sorprendente de todo era que no estaban entrando al motel sino ¡saliendo! ¡Con la que estaba cayendo!

Cuando hemos entrado en la habitación nos hemos tirado en plancha a por las toallas. En cambio, los perros se han metido los cuatro debajo de las camas y no ha habido manera de convencerlos de salir de ahí. Fuera, la tormenta seguía apretando, y los truenos eran cada vez más fuertes. De repente, me ha parecido oír algo, como unos gritos, así que he mirado por la ventana a ver qué estaba pasando.

—No me lo puedo creer. Maki, Jade, ¡venid a ver esto!

—¿El qué? —ha preguntado Jade.

—Mira —le he dicho señalando con el dedo.

Fuera, en el parking del motel, las dos personas de los impermeables estaban subidas al techo de una furgoneta más grande que la nuestra. Allí habían desplegado todo tipo de aparatos y aparatejos. Como la lluvia era tan fuerte, tenían que comunicarse a grito pelado.

—¿Qué es todo eso? —he preguntado en voz alta.

—A ver... —ha empezado Jade subiéndose las gafas—. Lo de la izquierda creo que es un barómetro, aunque también podría ser un higrómetro..., eso que parece un vaso es un pluviómetro seguro, lo que lleva el de la derecha en la mano no lo había visto nunca, pero lo de la esquina es una veleta...

—¿Y tú cómo sabes tantas cosas? —ha exclamado Makiman, sorprendido.

—Ya te he dicho que leo mucho —ha respondido Jade

como si fuera lo más normal del mundo—. Si tuviera que apostar, diría que los de ahí fuera se dedican a la meteorología. Están estudiando la tormenta. Qué guay, ¿no?

Y justo cuando estaba diciendo eso, ha sonado un trueno tan potente que todos hemos dado un salto sin querer. Incluidas las dos figuras de fuera. Con tan mala suerte que una de ellas ha resbalado y se ha caído del techo de la furgoneta.

—¡Pobre! —he exclamado y, sin pensarlo, he salido corriendo de la habitación para ir a ayudarlo.

Maki y Jade me han seguido, y cuando hemos llegado al lado de la furgoneta misteriosa hemos visto que la otra persona ya estaba allí ayudando al que se había caído. La lluvia seguía cayendo con fuerza, así que nos hemos tenido que entender a gritos.

—¿Estáis bien? ¿Necesitáis ayuda? —he dicho yo.

—¡Hola! La verdad es que sí, dice que le duele mucho el tobillo y que no puede ponerse de pie. ¿Me podéis ayudar a llevarlo a la habitación?

—¡Claro!

Así que entre los cuatro lo hemos levantado y lo hemos llevado con cuidado a su habitación. Cuando hemos llegado, y después de volver a tener que secarnos, ellos se han quitado toda la ropa impermeable y les hemos podido ver la cara por primera vez.

—¡Hola otra vez! —nos ha dicho ella sonriendo—. Yo

soy Mina, y el torpe que se ha caído de la furgoneta es mi hermano mellizo, Will.

Los dos tenían más o menos la misma altura, tez morena, pelo lacio y ojos negros. Ambos vestían más o menos igual, vaqueros y sudadera, ropa cómoda. Lo cierto es que se parecían mucho.

—¡Que no soy torpe! —ha protestado él tumbado en la cama—. Es solo que el trueno me ha pillado desprevenido y el techo de la furgo resbalaba más que nunca...

—¡Encantados! Mira, ellos son Makiman, Jade y yo soy Patty. ¿Os podemos preguntar una cosa?

—Claro —ha respondido Mina.

—¿Qué estabais haciendo encima de la furgoneta con la que está cayendo?

—A ver, ¿cuánto rato tenéis?

Nos hemos puesto a reír y les hemos dicho que no teníamos prisa. Así, Mina y Will han empezado a contarnos su historia sin parar de interrumpirse y lanzarse bromas y pullitas de todo tipo. Se nota que son hermanos.

Resulta que son unos locos del clima y la meteorología, y están preocupadísimos por el cambio climático. Así que hace un par de años se compraron la furgoneta y el equipo y empezaron a viajar por todo Estados Unidos persiguiendo fenómenos extraños. Recogen información de tormentas, sequías, olas de frío, olas de calor, inundaciones, tornados... cualquier fenómeno que se salga de lo normal. Además, suelen hablar con la gente de los pueblos para recopilar datos históricos y otras cosas. También hacen vídeos y fotografías que archivan cuidadosamente.

Nos hemos quedado alucinados, claro. Pero cuando ellos nos han preguntado qué estábamos haciendo nosotros, al principio nos hemos dedicado a darles una respuesta un poco vaga. Les hemos dicho que estábamos haciendo un viaje en coche por Estados Unidos, sin entrar en muchos detalles. No podemos ir contando lo de New Spring así como así... De hecho, yo creo que ya se lo he contado a demasiada gente...

Entonces, Will ha dicho:

—De todos modos, lo que hacemos nosotros no es nada comparado con lo que hace otra gente...

—Cierto —ha seguido Mina—. En la red hemos encontrado activistas superguais, gente que está haciendo cosas para cambiar el planeta de verdad...

—Sí —le ha cortado Will—, porque nosotros recopilamos muchos datos, y es muy divertido, pero en el fondo luego no podemos hacer nada con todo esto...

—Es verdad —ha seguido Mina, oírlos hablar era como asistir a un partido de tenis en el que las frases saltaban de uno a otro sin parar—. Lo que más nos gustaría a nosotros sería poder trabajar con gente que pudiera interpretar nuestros datos o que necesitara cosas concretas en las que pudiéramos...

—... ayudar. Que nuestros datos sirvieran de verdad para algo y no solamente para llenar páginas y páginas de información...

—... Sí, eso exactamente. El problema es que como nos pasamos todo el día de un lado a otro no tenemos mucho tiempo para conocer gente...

—... Además, a nosotros todo eso de las redes sociales y tal no nos va mucho...

—... No, di la verdad, Will, no nos va nada. Hay mucho postureo y mucha cosa rara y nosotros pasamos de todo eso...

—Hombre, no siempre —he dicho yo, que sí que me gustan las redes sociales—. Las redes son como todo, hay gente buena y gente mala, postureo y verdad. Hay que saber distinguir y no dejarse llevar por las apariencias. Al menos, eso es lo que yo creo. Por ejemplo, yo conozco un grupo de activistas medioambientales muy interesante que solo se comunica con la gente por las redes y que estoy convencida de que fliparía con vosotros...

Mientras decía esto, he visto cómo Makiman bajaba la cabeza y se ponía la mano en la frente en plan «¡menuda eres tú para guardar un secreto!». Pero es que he visto claro que el único motivo por el cual estos hermanos no iban camino de New Spring es por su alergia a las redes sociales. Y eso había que solucionarlo.

15

Team Diablitos

Así que nos hemos pasado toda la noche hablando con Will y Mina. Literalmente. Cuando ha salido el sol, hemos decidido que era hora de dormir un rato, pero, para entonces, ya habíamos tomado unas cuantas decisiones. La primera y más importante es que Will y Mina se vienen con nosotros y con su furgoneta a Mississippi. De hecho, aún se están recuperando del shock de saber que existe un lugar como New Spring. A diferencia de Jade, ellos no habían oído hablar nunca de este grupo ni de lo que estaban haciendo, y no lo han dudado ni un momento. Aunque su intención no es vivir en New Spring, claro, sino seguir con sus estudios por todo el país y mandarles luego los datos a la gente del grupo para que los estudie o lo que sea. Yo estoy convencida de que Sue va a alucinar cuando nos vea llegar a todos, pero también estoy superconvencida de que le va a parecer bien.

La segunda cosa que hemos decidido ha sido que, antes de irnos de aquel pueblo, tendríamos que pasar por el médico para que le echara una ojeada al tobillo de Will, que seguía un poco hinchado desde el resbalón. También hemos decidido que, para que el viaje sea más sencillo, utilizaremos los *walkie-talkie* de los mellizos para hablar de coche a coche en los trayectos. Más cómodo que mandarnos mensajitos con los móviles.

Como nos hemos acostado tardísimo, cuando nos hemos despertado ya era mediodía. Lo bueno ha sido que, por fin, y aunque parecía increíble, había dejado de llover. Así que hemos aprovechado para pasear a Thor, Kira, Thula y Thayson, que se han decidido a salir de debajo de la cama cuando han visto brillar el sol, y luego hemos ido a desayunar/comer. Al entrar en la cafetería del motel hemos visto que Will y Mina ya estaban allí y que Will llevaba el pie vendado.

—Hemos ido al médico hace un rato —ha empezado Mina—. Nos ha dicho que aquí el torpe...

—... ¡Que no soy torpe!...

—... Que aquí el no torpe tiene un pequeño esguince...

—... Pero no es grave. Me ha dicho el médico que con una semana de no caminar, solucionado, y me ha dado estas muletas...

—... Lo pondremos en la parte de atrás de nuestra furgo con la pierna estirada y en paz...

—Pues eso está muy bien, diablitos. En el fondo, no ha sido nada —les he contestado.

—¿Diablitos?

—Sí, bueno, es que yo llamo así a la gente que me cae bien. No sé por qué. Me gusta cómo suena...

—Es verdad —han corroborado al unísono Jade y Maki asintiendo con la cabeza.

—¿Sabéis qué se me acaba de ocurrir? —ha dicho de repente Jade dando un golpe en la mesa—. Todos los grupos tienen un nombre. Como Los tres mosqueteros, Los Vengadores, Los 4 Fantásticos... Creo que nosotros deberíamos ser Los Diablitos. Al fin y al cabo, sin Patty, ninguno de nosotros estaría aquí.

—¿Y por qué no Team Diablitos? Que suena más moderno... —ha sugerido Makiman.

—Team Diablitos me gusta —he dicho yo con una sonrisa.

—Pues no se hable más... ¡TEAM DIABLITOS! ¡Próxima parada... Greenville!

16

Mantema

Los últimos tres días los hemos pasado conduciendo sin parar hacia Greenville. Maki, Jade, los perros y yo vamos en nuestra furgoneta, mientras que Mina, Will y todos sus trastos van en la suya, pero, en realidad, es como si viajáramos todos juntos, porque no dejamos de hablar por los *walkie-talkies* en todo el día.

Nos ha dado tiempo de explicarnos un montón de cosas. Por ejemplo, hemos descubierto que Mina y Will entienden un poco el español porque sus abuelos eran mexicanos, y que Jade, además de inglés, también habla chino, porque es el idioma de sus padres. A ellos les hace mucha gracia que Maki y yo seamos los dos españoles pero no nos conociéramos de nada antes de Nueva York, aunque yo insisto en que lo más raro de todo es que yo viniera hasta aquí para conocer a Sue, ¿no?

También hemos hablado mucho de New Spring, de cómo lo imaginamos y de qué les explicaremos cuando lleguemos y descubran que en lugar de Patty llegan Los Diablitos.

—Yo estoy segura de que no pasará nada —les digo para tranquilizarlos, pero la verdad es que me encantaría poder hablar con Sue sobre esto. Ojalá se conectara al chat; pero, aunque lo compruebo cada día, no ha vuelto a aparecer por allí desde que llegué a Nueva York.

—¡Mirad! ¡Ya estamos llegando! —ha exclamado Maki de repente a media mañana señalando un indicador que decía «Greenville: 20 miles».

—¡Ay! ¿Cuánto son 20 millas? Es que no hay manera de que me acostumbre a esta forma de contar que tenéis aquí... —le he preguntado a Jade.

—Ni idea, yo a lo que no me acostumbro es a contar en kilómetros... —ha respondido ella encogiéndose de hombros—. Pero es una media hora de viaje...

—¡Son treinta y dos kilómetros! —se han oído al unísono las voces de los mellizos por el *walkie-talkie*.

—¡Gracias, chicos!

—¡De nada! Los científicos tenemos que saber...

—... Calcular de las dos maneras... —Y se han reído.

—¿Y qué vamos a hacer cuando lleguemos a Greenville? —ha preguntado Maki, que es quien estaba conduciendo.

Se ha hecho el silencio y he notado que todos estaban esperando a que yo dijera alguna cosa.

Casi por reflejo, he sacado el teléfono del bolsillo y he revisado los mensajes de Instagram. Nada. He mirado el perfil de WeLoveGreen por si habían vuelto a colgar alguna fotografía con mensaje o alguna cosa así, pero tampoco había nada. La última publicación era de un par de días atrás y solo se veía un paisaje normal con una frase anodina.

—A ver —he dicho en voz alta—, repasemos un momento lo que sabemos, ¿vale? El mensaje nos decía que teníamos que encontrarnos con Mantema en Greenville, Mississippi. La segunda parte ya está, estamos llegando al pueblo. ¿Qué podemos saber sobre Mantema? Tú me dijiste algo en la biblioteca, ¿verdad, Jade?

—Por lo que sé, Mantema es un nombre indio de mujer que significa «la que entrega algo sagrado».

—Vale —he seguido yo—. Entonces, yo lo que haría en primer lugar sería buscar reservas indias cerca de Greenville, ¿qué os parece?

Jade y Maki han asentido con la cabeza, mientras que por el *walkie* se ha oído a los gemelos decir que sí. He entrado en Google y he empezado a buscar reservas indias por esta zona, pero no he encontrado nada. La más cercana estaba a unos centenares de kilómetros. Demasiado lejos. Después, he puesto Mantema en la casilla del buscador. Sin un apellido era un poco complicado, pero he pensado que valía la pena intentarlo. Me han salido un montón de resultados, pero ninguno ni remotamente útil. A ver, que yo ya tenía claro que no me iba a salir un resultado que pusiera «New Spring», pero sí esperaba alguna pista...

—¿Estás buscando en Google? —me ha preguntado entonces Jade.

—Sí, pero no me sale nada...

—¿Qué has puesto?

—Pues «Mantema», claro... Salen muchas cosas, pero ninguna útil...

—¿Y si pones «Mantema Greenville»? A lo mejor reduces un poco —me ha propuesto. ¡Cómo no se me había ocurrido!

He escrito «Mantema Greenville» en la casilla del buscador y le he dado a buscar. Enseguida, me han empezado a salir resultados. Los primeros seis o siete no me han dicho nada, pero en la segunda página he visto una entrada que decía: «Mantema – Libros con mensaje. Librería especializada en ecología.»

—¡Creo que lo tengo! —he exclamado estirando el brazo y pegándole la pantalla a Jade en la cara. Ella la ha apartado un poco para poder leer qué decía y me ha sonreído.

—Sí, lo tenemos —ha dicho.

Al cabo de un rato hemos llegado al pueblo y, poco después, estábamos aparcando en la puerta de la librería. El cartel de fuera estaba hecho de madera tallada a mano y dentro hemos visto a una mujer con rasgos indios. Les he dicho a los demás que me esperaran fuera (al fin y al cabo, si aquel sitio tenía algún tipo de relación con New Spring, me estarían esperando a mí sola y tendría que explicar todo lo de Los Diablitos), he respirado hondo y he empujado la puerta.

—¡Buenos días! —me ha saludado la mujer desde el mostrador del fondo sin levantar la cabeza del libro que estaba leyendo.

La tienda estaba completamente vacía, no había ningún otro cliente aparte de mí. Las paredes estaban totalmente cubiertas de estanterías llenas de libros de todos los tamaños y colores. En el centro había una mesa con libros apilados y un cartel que decía «Grandes clásicos». Me ha hecho gracia ver que uno de los libros de la mesa era *Primavera silenciosa*, precisamente el libro que se está leyendo Jade. Me ha parecido que era un buen augurio.

—Buenos días —he respondido. A medida que me acercaba, he visto que la mujer era mayor de lo que pensaba. Tenía el pelo muy largo y de un color negro brillante, pero de cerca he visto que le asomaban cabellos blancos por aquí y por allí. Eso sí, el color rojo intenso de su vestido ha hecho que me cayera bien casi instantáneamente. Cuando me he parado delante del mostrador, ella ha alzado la vista y me ha dicho:

—¿Puedo ayudarte en algo?

Entonces ha sido cuando le he visto por primera vez el rostro. Sus ojos, que estaban rodeados de pequeñas arrugas que se marcaban más al sonreír, eran de color miel intenso, y he tenido la sensación de que aquella mujer podría atravesarme con la mirada si ella quisiera. Pero no lo ha hecho, al contrario, su mirada era amable.

—Eh... —De repente me he quedado en blanco. No me había preparado la conversación y no sabía qué decir. ¿Le preguntaba por New Spring? ¿Le enseñaba el mensaje? ¿Me presentaba? Al final, me he decidido por esto último—. Eh... bueno... A lo mejor sí. Creo que sí. Yo soy Patty.

He mirado a la mujer, pero no me ha dicho nada. Solo me ha devuelto la mirada con cara de «Y eso a mí, ¿qué?».

—Una amiga me dijo que buscara a Mantema, de Greenville, y he pensado que quizá es usted...

En cambio, cuando ha oído esa frase le ha cambiado totalmente la cara y ha empezado a sonreír abiertamente.

—¡Ah, claro! Bueno, si buscas a Mantema has venido al lugar adecuado, pero no soy yo. Mantema es mi madre. Ahora mismo se encuentra en su casa, que no está muy lejos. Si me dejas el teléfono, te indico dónde exactamente.

Yo me he quedado tan sorprendida que no he sido capaz de decir nada, solo le he alargado el teléfono.

—Lleva un par de días esperándote, Patty —me ha dicho al agarrarlo. Y me ha guiñado un ojo.

Al salir de la librería hemos puesto rumbo inmediatamente a la casa de Mantema, que estaba a las afueras de Greenville.

A medida que hemos dejado atrás el pueblo, el paisaje se ha ido haciendo cada vez más árido, con menos vegetación. Era evidente que nos estábamos acercando al desierto.

De repente, a lo lejos, hemos visto una parcela aislada rodeada por una valla hecha con troncos. Dentro de la valla había una casa sencilla de una planta y un tipi indio bastante grande.

—Tiene que ser ahí —he dicho.

Al llegar, hemos aparcado delante de la valla y les he vuelto a decir a todos que esperaran un momento en las furgonetas mientras yo hablaba con Mantema y se lo explicaba todo. Ellos han dicho que sí y se han quedado amorrados a los cristales de las furgonetas mirándome. Yo he empujado la puerta de la valla y he visto que estaba abierta, así que he entrado y he avanzado hasta la puerta principal de la casa, pero entonces he oído una voz dulce y suave de mujer que venía del tipi.

—¿Patty? ¿Eres tú?

Así que he dado media vuelta y he entrado muy despacio en el tipi, que estaba bastante oscuro, sin saber qué me iba a encontrar. Cuando mis ojos se han acostumbrado a la falta de luz, he visto que en el otro extremo de la tienda había una anciana de cabello blanco y piel muy arrugada sentada en el suelo con las piernas cruzadas. No había nada más dentro del tipi, excepto las brasas de un pequeño fuego en el centro y un círculo de alfombras rodeándolo.

La mujer estaba vestida a la manera tradicional india, con un vestido de piel rematado por flecos y algunas plumas. Al entrar he visto que tenía las manos juntas y los ojos cerrados, pero en cuanto me ha oído ha levantado la barbilla y los ha abierto. Al verlos, me he quedado fulminada. Nunca antes había visto a alguien que tuviera los ojos de color violeta. Era como si en lugar de ojos fueran piedras mágicas, y brillaban como si tuvieran una luz dentro. Era evidente que aquella anciana era una mujer poderosa, pero la verdad es que no he sentido miedo. Por algún motivo, he sabido que era buena.

—Sí, soy yo —he respondido.

—Acércate, niña, siéntate ahí. Yo soy Mantema, la que entrega algo sagrado. He oído hablar mucho de ti, ¿sabes?

Yo me he sentado en el suelo con las piernas cruzadas como ella y he sonreído.

—Sé que vienes de lejos para poder formar parte del nuevo renacer, la nueva primavera que salvará esta tierra enferma y a todo cuanto la habita. Sé que la pequeña Sue confía en ti, pero, como todos los demás, antes de unirte a New Spring tendrás que recibir la bendición de los espíritus. Así que, si te parece, podemos empezar ahora mismo con el ritual.

—Esto... verá, es que... bueno, a ver cómo lo explico... es que... ha habido un pequeño cambio de planes —he dicho yo sin saber muy bien cómo empezar a explicar que fuera había un montón de gente esperando.

—No te entiendo, niña. ¿Qué cambio de planes?

—Es que... no he venido sola.

Mantema no ha parecido alterarse, pero tampoco ha dicho nada para tranquilizarme. Entonces, yo he empezado a explicarle cómo había conocido a Maki, a Jade, a Will, a Mina, y cómo había adoptado a Thor, Kira, Thula y Thayson por el camino. Le he contado que todos y cada uno de ellos eran personas bondadosas y valientes que se mueren de ganas de formar parte de New Spring y que entienden perfectamente lo que eso significa.

Ella me ha mirado muy seria todo el rato mientras yo avanzaba en la historia, pero no me ha interrumpido en ningún momento.

Cuando he acabado, ha cerrado los ojos, ha reflexionado un momento y me ha dicho:

—Bueno, entonces me temo que yo también tendré que hacer un cambio de planes...

17

El juicio de los espíritus

Mantema me ha pedido que saliera a buscar a mis amigos y, al cabo de un momento, volvíamos a estar todo juntos, pero esta vez sentados en círculo dentro del tipi, perros incluidos. Cuando he salido, Mantema ha aprovechado para avivar un poco las brasas, así que, al volver, nos hemos encontrado con un fuego de verdad que desprendía destellos rojizos que coloreaban el ambiente.

—Así que vosotros sois los que os hacéis llamar Los Diablitos, ¿no? —ha preguntado Mantema, y todos hemos afirmado con la cabeza—. Muy bien. Todas las personas que quieren entrar en New Spring deben demostrar que son dignas de esa confianza. Normalmente, eso se hace durante meses, estableciendo contacto con la comunidad, como hizo Patty. Pero vuestro caso es distinto. Por un lado, haber emprendido el viaje que conduce al nuevo renacer es una prueba de vuestro compromiso, pero eso no basta. Los que conocemos New Spring tenemos la responsabilidad de proteger al grupo y lo que significa, por eso no puedo revelaros la información que guardo si no superáis primero el juicio de los espíritus. Es una tradición de mi tribu que me ayudará a saber si de verdad puedo confiar en vosotros. No es lo habitual, pero es lo único que podemos hacer dadas las circunstancias. ¿Estáis dispuestos?

Todos nos hemos mirado y hemos dicho al unísono:

—¡Sí!

—Muy bien. —Mantema ha sonreído brevemente antes de continuar—. La prueba es muy sencilla y, si vuestras intenciones son buenas, no tenéis nada que temer. Antes de que anochezca os llevaré a una zona concreta del desierto, que es sagrada para mi pueblo. Allí os dejaré solo con agua, nada de comida y deberéis pasar la noche al raso. Mañana por la mañana os iré a buscar y os traeré de vuelta.

—¿Y ya está? —he preguntado, extrañada.

—Sí, ya está. Parece fácil, y lo es para aquellos a quienes protegen los espíritus. Esperemos que sea vuestro caso.

Y así, sin más, Mantema se ha levantado del suelo y se ha dirigido a la puerta del tipi. Se movía con una agilidad que no se correspondía para nada con su edad. Nosotros nos hemos mirado los unos a los otros y nos hemos encogido de hombros. Yo le he preguntado a Jade, que es la que siempre lo sabe todo, si tenía idea de qué iba todo esto.

—Pues no, no he leído mucho sobre rituales indios, la verdad... Pero solo es una noche al raso. Seguro que no nos pasará nada —ha dicho bastante tranquila.

—Sobre todo, tenemos que llevar mucha ropa de abrigo, porque... —ha empezado a decir Mina.

—Aunque de día hace mucho calor, los desiertos son lugares muy fríos de noche —ha acabado Will.

Mantema nos ha dado un rato para prepararnos y, después, nos ha hecho subir en la parte trasera de una ranchera destartalada y de un color indescriptible que, a todas luces, tenía tantos años como la propia Mantema, y estaba en mucha peor forma. Cuando hemos estado todos bien sentados, ha empezado a conducir por un camino de arena fuera de la carretera y pronto hemos perdido completamente el sentido de la orientación (incluidos los mellizos, que son los especialistas de esto). A nuestro alrededor, solo veíamos desierto y todo parecía igual. Al cabo de unos quince minutos, Mantema ha frenado al lado de una piedra bastante grande que estaba rodeada por unos matorrales secos y bajos. En la piedra había algunos símbolos escritos con tierra de colores.

—Es aquí. Bajad.

Una vez hemos bajado de la furgoneta, Mantema nos ha dejado unas cuantas garrafas de agua y nos ha pedido que nos diéramos las manos formando un círculo.

—Cerrad los ojos —nos ha pedido, y luego ha empezado a canturrear algo en un idioma que no hemos entendido. Después nos ha dicho que abriéramos los ojos y, mirándonos con sus brillantes iris de color violeta, ha añadido—: Que los espíritus os guarden. Que paséis buena noche, vendré a recogeros mañana al alba.

Y, sin mirar atrás, se ha subido a la destartalada ranchera y se ha ido. Nosotros nos hemos quedado de pie viendo cómo se alejaba, hasta que la hemos perdido completamente de vista.

—Pues, bueno —he dicho yo entonces—, será mejor que vayamos eligiendo dónde vamos a dormir, ¿no?

Después de pensarlo un poco y de que los mellizos estudiaran minuciosamente el terreno, hemos elegido ponernos muy juntos apoyados en una zona concreta de la roca.

—Estar juntos hará que conservemos mejor el calor —ha dicho Jade.

—Sí —ha seguido Will—, y por la erosión que se ve en la piedra, está claro que el aire viene de allí, así que si nos ponemos en este lado...

—... estaremos protegidos de las ráfagas de viento —ha rematado Mina.

—¿Y los perros? —he preguntado yo, preocupada, consciente de que ellos no tienen con qué abrigarse.

—No te preocupes por ellos —ha dicho Maki—. Son muy listos. En cuanto empiecen a tener frío vendrán a apretarse con nosotros, ya verás.

Como estaba empezando a anochecer y la temperatura

estaba bajando en picado, hemos decidido agruparnos ya en el lugar elegido y mantenernos juntos.

—Tenemos que pasar toda la noche juntos, diablitos —he dicho yo—. Si alguien se separa corre el riesgo de perderse...

Estábamos acabando de acomodarnos cuando nos hemos percatado de que ya había oscurecido. En cuestión de minutos, hemos pasado de ver perfectamente a estar sumidos en la oscuridad total. Thor, Kira, Thula y Thayson se han acurrucado con nosotros en cuanto ha desaparecido la luz, como si, al hacerlo, quisieran protegernos.

—¡Mirad! —ha exclamado entusiasmada Mina al cabo de un momento—. ¡Mirad las estrellas! ¡Se ven perfectamente!

Todos hemos alzado la mirada al cielo y hemos alucinado con el espectáculo. Yo nunca había visto con tanta claridad las estrellas fuera de un planetario. Allí, en el desierto, lejos de la contaminación lumínica de las ciudades, las estrellas brillaban como si fueran bombillas enroscadas en el cielo, blancas, amarillas, algunas parpadeantes...

—¡Mirad, esa de ahí es la Estrella Polar! —ha exclamado Will.

—Y su constelación es la Osa Mayor, ¿la veis? Tiene forma de carro —ha dicho Jade.

—¿También sabes de estrellas, Jade? —ha preguntado Makiman, sorprendido.

—Bueno, solo un poco —ha respondido Jade riendo.

Mina, Will y Jade han seguido señalando estrellas en el cielo y explicando las leyendas de los personajes mitológicos que les dan nombre. En completa oscuridad y rodeados de silencio, no hemos pasado ni un segundo de miedo, todo lo contrario. Por una noche, y a pesar del frío, que nos hacía apretarnos muy fuerte entre nosotros, el cielo ha sido nuestra tele, y el conocimiento enciclopédico de nuestros nuevos amigos, nuestro internet.

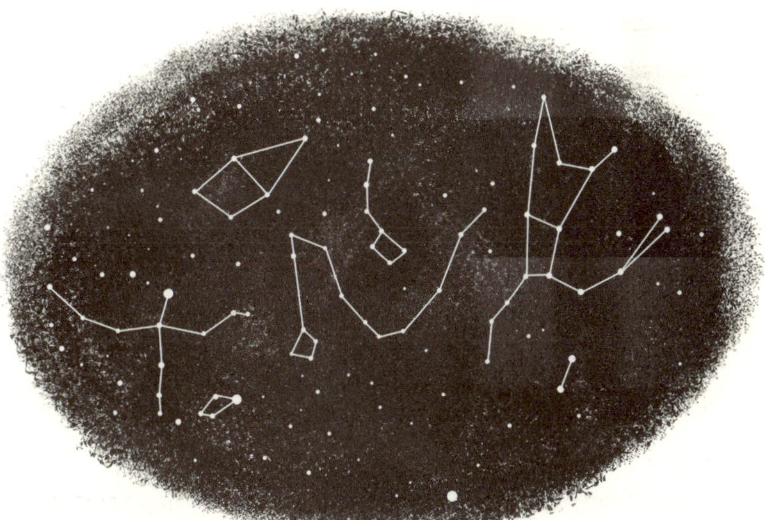

No sé cuándo me quedé dormida, solo sé que tuve un sueño rarísimo con una criatura que no había visto nunca...

18

La piasa

Nos hemos despertado muy pronto, con los primeros rayos del sol y, casi al mismo tiempo, hemos oído traquetear la vieja ranchera de Mantema que venía a buscarnos.

Nada más vernos, ha sonreído.

—¿Habéis dormido bien?

—Sí, muy bien —hemos contestado todos.

—¿Habéis soñado?

—Sí... —La verdad es que no habíamos tenido tiempo de comentarlo, pero al parecer yo no había sido la única que había soñado esa noche.

—Bien —ha dicho Mantema. Y ha vuelto a sonreír.

Después de deshacer el camino que hicimos ayer por la tarde. Mantema nos ha invitado a entrar en su casa, donde nos tenía preparado un buen desayuno con huevos, judías, beicon, tostadas con mantequilla, fruta, leche y un montón de cosas más. Teníamos tanta hambre que nos hemos lanzado a comer casi sin dar las gracias. Supongo que Mantema lo ha entendido; al fin y al cabo, anoche no cenamos, así que es normal que estuviésemos muertos de hambre. Thor, Kira, Thula y Thayson también tenían unos platos llenos hasta arriba de pienso en el suelo, y también se han lanzado a por ellos en cuanto los han visto. Cuando hemos dejado la mesa limpia (que la verdad es que no hemos tardado mucho), Mantema nos ha pedido que la acompañáramos al tipi.

Al entrar, hemos visto que un gran fuego, más grande que el de ayer, que iluminaba todo el interior con tonos amarillos y desprendía un calor y un aroma muy agradables.

Una vez nos hemos sentado todos en círculo (menos los perros, que se han tumbado al lado de la hoguera), nos hemos dado las manos y Mantema ha recitado algo en su idioma. A continuación, me ha hecho una pregunta.

—Dime, Patty, ¿qué has soñado esta noche?

—A ver... es que ha sido un sueño muy extraño... —he dicho yo un poco avergonzada. Pero Mantema me ha mirado con sus ojos tranquilizadores y me ha hecho un gesto para que hablara con tranquilidad—. Bueno, he soñado que estábamos todos juntos, Maki, Jade, Mina, Will, Thor, Kira, Thayson, Thula y yo bañándonos en una orilla del río Mississippi. Entonces, de repente, ha aparecido una criatura voladora muy extraña que yo no había visto jamás. Era muy muy grande, y daba bastante miedo. Tenía todo el cuerpo cubierto de plumas de color verde, pero no tenía cabeza de pájaro sino como de lobo, con unos colmillos gigantescos, y, además, tenía cuernos de ciervo. Las alas tampoco eran de pájaro, eran más grandes, como de dragón.

—La piasa —ha murmurado Mantena.

—Pues... esto.... la... piasa... nos ha sobrevolado varias veces y parecía que nos iba a atacar, pero entonces yo he oído en mi cabeza una voz que me ha dicho: «Una flecha bajo el ala...»

—El Gran Espíritu —ha murmurado de nuevo Mantena.

—Entonces, de repente, ya no estábamos en el agua, sino en tierra, y todos teníamos arcos y flechas en las manos. Así que cuando ha vuelto a pasar la piasa, yo he gritado: «¡Debajo del ala!» Entonces, todos hemos disparado al mismo tiempo, justo cuando la bestia estaba a punto de agarrar a Kira. Cuando le han tocado las flechas, la piasa se ha desvanecido. Y ya no recuerdo nada más.

—Has vencido a la piasa, Patty. Eso es un buen augurio —ha dicho Mantema con voz suave—. ¿Y tú, Maki, qué has soñado?

—Pues exactamente lo mismo que Patty. Que veíamos pasar a la bestia esa, que intentaba atacarnos y que ella nos decía que disparásemos una flecha bajo el ala.

—Muy bien. ¿Y los demás? ¿Todos habéis soñado lo mismo?

—¡Sí! —han exclamado sorprendidos Jade, Will y Mina.

—La piasa —ha seguido hablando Mantema— es lo más parecido al dragón que existe en nuestra cultura, pero es un símbolo negativo, una fuerza del mal que ataca a las personas y se las lleva. Que todos hayáis soñado lo mismo y que en el sueño hayáis permanecido juntos me dice que para los espíritus sois un grupo, casi una familia. Que el Gran Espíritu haya revelado a Patty el secreto para acabar con la piasa me dice que los espíritus están de vuestro lado y consideran a Patty vuestra líder. Si la seguís, todo irá bien. Los espíritus han hablado: sois dignos de New Spring y Patty es una líder digna.

Todos hemos empezado a aplaudir y a abrazarnos de alegría. Hasta Thor, Kira, Thayson y Thula se han contagiado del entusiasmo y han empezado a agitar la cola y a lamernos a todos. Cuando nos hemos calmado, Mantema ha vuelto a hablar.

—Y ahora que los espíritus han emitido su juicio, ha llegado la hora de hacer lo que no pude hacer ayer con Patty. El ritual que vamos a hacer ahora es una bendición de los espíritus y, en él, normalmente, ellos se manifiestan para guiarnos y aconsejarnos en el tramo final del viaje.

Todos hemos asentido muy serios. Entonces, Mantema ha agarrado una cesta llena de una mezcla de flores, hierbas y polvos, y ha empezado a echarla a puñaditos al fuego mientras recitaba palabras en su idioma. El fuego ha ido cambiando de altura y color y a desprender aromas distintos y penetrantes. Todos estábamos muy nerviosos por lo que pudieran decir los espíritus, pero yo no oía nada. Y justo cuando pensaba que todo aquello no era más que un trámite, ha sucedido la cosa más increíble del mundo.

Thor, Kira, Thula y Thayson, que llevaban todo el rato tumbados al lado del fuego, se han levantado, han estirado el lomo, me han mirado y han empezado a hablar al unísono. Sí, a hablar, ¡no me lo estoy inventado! Como si lo hubieran hecho toda la vida, han empezado a decir:

—Patty, ¡qué suerte tuvimos de que nos adoptaras! Nunca sabrás lo felices que somos de poder viajar contigo y con tus amigos, de poder estar con vosotros y protegeros. Somos los perros más felices del mundo y te lo agradecemos mucho. Sabemos que todos juntos, y contigo de líder, podremos ayudar a cambiar el mundo. Y los espíritus de la tierra, con los que hablamos cada día, también lo saben. ¡Viva Los Diablitos!

Y cuando estaba a punto de preguntarles alguna cosa, han vuelto a tumbarse y a comportarse como siempre, como si aquí no hubiera pasado nada. Inmediatamente, he mirado a mi alrededor para ver si los demás también lo habían visto y estaban tan sorprendidos como yo, pero antes de poder abrir la boca se me ha adelantado Mantema:

—Los espíritus son caprichosos y se manifiestan a cada persona de manera distinta. Es algo completamente personal y no debéis hablar de ello.

«¡¿Qué?! —he pensado—. ¿Me hablan mis perros y no se lo puedo contar a nadie? ¡Pues vaya rollo!»

Pero, en fin, todo sea por los espíritus y sus bendiciones...

—Y ahora, antes de acabar esta ceremonia —ha seguido Mantema— solo me queda daros las instrucciones que me ha transmitido la comunidad de New Spring para vosotros. Dicen que debéis ir a Monument Valley y que, una vez allí, se pondrán en contacto con vosotros.

—¿Monument Valley? —he exclamado un poco enfadada—. ¡Pensaba que después de esto ya habríamos llegado!

—Ay, Patty, niña, debes aprender a ser paciente. Las cosas importantes llevan su tiempo. Pero te prometo que todo esto valdrá la pena. Ya verás.

Después, nos hemos levantado y hemos salido de uno en uno del tipi. Mantema nos tenía preparadas unas bolsas con comida para que pudiéramos seguir con el viaje sin perder más tiempo. Antes de irnos me ha tomado de las manos y, mirándome con esos ojos lilas capaces de atravesarte, me ha dicho:

—Eres valiente y bondadosa, Patty, la piasa es una bestia poderosa que muy pocos logran vencer. Nunca había conocido a nadie como tú. Me alegro de haber podido ayudarte.

Yo le he dado un abrazo fortísimo y me he subido a la furgoneta. Antes de arrancar me he vuelto para comprobar que Thor, Kira, Thayson y Thula estuviesen en la parte trasera. Cuando me han mirado sacando la lengua me ha parecido, por un momento, que iban a volver a hablar. Creo que no podré volver a mirarlos igual nunca más.

19

PERSEGUIR TORNADOS

Después de mirar el mapa, hemos calculado que tardaríamos tres o cuatro días más en llegar a Monument Valley. Y aunque, por un lado, cuando Mantema nos ha dicho que aún no habíamos llegado a New Spring nos ha fastidiado a todos un poco, la verdad es que nos hace bastante ilusión poder visitar Monument Valley juntos. Ninguno de nosotros ha estado, solo lo hemos visto en fotos, y seguro que es precioso.

Total, que el día ha empezado bastante normal. Básicamente, estábamos yendo cada uno a lo nuestro. Maki conducía, yo miraba Instagram, Jade leía y los mellizos llevaban un buen rato mudos, así que supongo que también debían de estar ocupados. De repente, se ha oído la voz de Will por el *walkie-talkie*.

—¡Estamos entrando en Kansas...!

—¡Y estamos en época de tornados! —ha acabado Mina.

—¿Tornados? ¿En serio? —he exclamado yo levantando la vista del móvil.

—¿No te has leído *El mago de Oz*? —ha preguntado Jade desde el asiento trasero.

—Yo tampoco —ha salido en mi ayuda Makiman.

—¿En serio? ¡Pues tenéis que hacerlo! Es la historia de una niña de Kansas, Dorothy, a la que un tornado arrastra a un país mágico, el país de Oz, donde le pasan un montón de cosas...

—Ah, pues a lo mejor es así como llegaremos a New Spring, ¡arrastrados por un tornado! —he bromeado yo. Y todos se han puesto a reír.

—De todos modos, no hay de qué preocuparse —se ha oído a Mina por el *walkie*—, estoy consultando las alertas del estado y no hay prevista ninguna tormenta hoy. Podemos estar tranquilos, ¡no hay tornados a la vista!

Así que hemos seguido adelante sin volver a pensar demasiado en los tornados. Pero después de merendar, cuando ya comenzaba a anochecer y estábamos empezando a buscar un motel en el que pasar la noche, el cielo ha empezado a cubrirse.

—Ay, ay, ay... Esto no me gusta nada... —se ha oído a Will por el *walkie*.

—A mí tampoco —ha dicho Mina.

Y después, al unísono:

—¡Tenemos que buscar un sitio con refugio antitornados, por si acaso!

—¿En serio? —he preguntado yo—. Pero si esta mañana habéis dicho que no había ningún peligro...

—A veces el tiempo cambia sin avisar, y aquí en Kansas...

—... los tornados tardan muy poco tiempo en formarse. Apenas nada...

Entonces, he mirado y me ha parecido ver que, un poco más adelante, había un motel.

—Pararemos allí.

Nada más llegar al motel, y después de preguntar si tenían habitaciones disponibles y si podíamos entrar con los perros, hemos preguntado si había algún tipo de refugio antitornados. El recepcionista, que llevaba un chaleco de cuero de motero y era un hombre fornido, calvo y con una barba espesa y pelirroja, nos ha contestado:

—Sí, se entra por el parking. Está indicado, es una trampilla en el suelo.

—¿En el suelo? —he preguntado yo.

—Por supuesto —ha respondido el hombre—. El refugio es bajo tierra porque los tornados son capaces de arrancar edificios enteros del suelo. Aunque este motel ha aguantado unos cuantos sin moverse ni un milímetro —lo ha dicho con un punto de orgullo en la voz—, así que no hay nada que temer. Eso sí, solo hay que entrar en él si suena la sirena de aviso. Si no, es que no hay peligro y os podéis quedar en las habitaciones, cosa que está bien, porque el refugio es bastante incómodo. De todos modos, no hay tornados previstos para hoy.

—Muchas gracias —hemos respondido todos.

Así, nos hemos ido a las habitaciones, hemos dejado las maletas y nos hemos juntado todos en la de los mellizos para ver la tele y pasar el rato.

—Si al final hay tornado, Mina y yo nos acercaremos en la furgoneta para hacer unas mediciones y esas cosas —ha dicho de repente Will.

—¿En serio? ¡Pero eso es una locura! —he exclamado yo.

Los mellizos se han mirado entre sí, luego me han mirado a mí y se han echado a reír.

—Pero, Patty, ¡si eso es a lo que nos dedicamos! ¡Ya lo sabes!...

—... no es la primera vez que iríamos a ver un tornado. Tenemos práctica...

—... además, nuestra furgoneta está bien preparada, tiene pesos y otras cosas de protección...

—Ay, no sé. Es que me da miedo que os pase alguna cosa, y más ahora que estamos tan cerca...

—No te preocupes, Patty.

Y, justo entonces, sin avisar, ha empezado a sonar una sirena.

—¡Es la alarma de tornado! —ha exclamado Jade—. Tenemos que ir al refugio.

—¡Y nosotros, a la furgo! —han dicho los mellizos muy contentos.

Maki, Jade y yo hemos puesto las correas a los perros y los hemos cogido para llevarlos al refugio lo más rápidamente posible. Cuando hemos salido de la habitación, hemos visto perfectamente el tornado a lo lejos. Era un torbellino de aire muy alargado que parecía salir del suelo y llegar hasta el cielo. Aunque aún no nos llegaba, sí que hacía bastante viento fuera, el suficiente para obligarme a recogerme el pelo, y, además, daba la sensación de que se estaba acercando deprisa.

Así que hemos bajado al parking todos juntos. Allí, Maki ha abierto la trampilla y ha empezado a bajar la escalera con Thula y Thayson; detrás de él, ha ido Jade con Kira; yo me he quedado la última con Thor para cerrar la trampilla. Por su parte, los mellizos, que se han tapado con impermeables como el día que los conocimos, se han separado de nosotros y se han ido directos a su furgo. Yo estaba a punto de empezar a bajar la escalera, cuando Thor los ha visto alejarse y ha empezado a ladrar.

—No, Thor, tranquilo, no pasa nada, van a ver el tornado de cerca, pero luego vuelven...

Pero no me ha entendido y ha empezado a tirar de la correa muy nervioso. Yo he intentado retenerlo, pero es un perro muy fuerte y me estaba costando mucho.

—¡Maki! ¡Jade! ¡Subid a ayudarme, Thor no quiere bajar!

Entonces, en un segundo, ha arrancado la furgoneta, Thor ha dado un último tirón y se me ha escapado de las manos, y he visto pasar corriendo a Kira, Thula y Thayson, que han salido detrás de Thor.

—¡Pero ¿qué ha pasado?! ¿Por qué los habéis soltado?

—Se han puesto a tirar como locos cuando han oído el motor de la furgoneta... —me ha dicho Maki encogiéndose de hombros.

Sin pararme a pensarlo he echado a correr detrás de los perros, pero he visto enseguida que no iba a conseguir nada, eran mucho más rápidos que yo. Entonces, he recordado que al bajar al parking había visto una moto muy grande y he corrido a recepción.

—Perdone, la moto grande del parking, ¿es suya? —le he preguntado al hombre de la barba pelirroja.

—Pues sí.

—¿Me la podría dejar? ¿Por favor? Mis perros se han escapado y tengo que recuperarlos antes de que llegue el tornado. Por favor...

En un primer momento, el hombre me ha mirado muy sorprendido, como si en lugar de pedirle la moto le estuviera pidiendo la luna, pero debo de haber puesto una cara tristísima, porque, un poco a regañadientes, el dueño del motel ha sacado las llaves del bolsillo y me las ha dado.

—Como no vuelva entera, ¡me la pagas! —Y por su tono de voz, no lo he dudado ni un momento.

—¡Sí, claro! ¡Muchísimas gracias! —he gritado mientras salía corriendo hacia el refugio.

—Maki, ven conmigo en la moto. Jade, quédate aquí por si vuelven los perros, y llama a Will y Mina para explicarles lo que ha pasado y decirles que si ven a los perros los suban a su furgo.

—¡Sí, Patty!

Después, Maki y yo nos hemos subido a la moto, yo

delante y él detrás, y hemos arrancado a toda velocidad tras la furgoneta. El tornado ya no estaba tan lejos y el viento empezaba a pegar con fuerza, pero yo no he dudado, teníamos que recoger a Thor, Kira, Thula y Thayson.

Al cabo de unos minutos hemos empezado a ver la furgoneta de los mellizos. Lo sorprendente es que venía en dirección contraria. Yo les he hecho señales con las luces y ellos han frenado en el arcén. Yo he hecho lo mismo.

—Nos ha llamado Jade, no os preocupéis...

—... ¡Thor, Kira, Thula y Thayson están con nosotros en la furgo! Cuando nos ha llamado...

—... hemos mirado por el retrovisor y los hemos visto. Hemos frenado...

—... un momento y se han subido. Ahora están dormidos, para mí que se han agotado con la carrera...

Nos han contado los mellizos, como siempre, cortándose el uno al otro.

—¡Menudo susto nos han dado! —he exclamado yo entre contenta y agotada.

—Ya ves —ha respondido Mina mirando al tornado, que se acercaba cada vez más deprisa.

—Así que hemos pensado que era mejor volver, y rápido, no queremos ponerlos en peligro —ha dicho Will.

—Sí, será mejor que volvamos todos —he dicho yo—. Creo que ya hemos tenido suficientes aventuras por hoy.

A pesar de que hemos dado media vuelta y empezado a conducir a toda velocidad, hemos entrado en el refugio apenas unos minutos antes de que el tornado haya pasado por encima del motel. Ha sido alucinante. Todos los clientes del hotel en un espacio bastante pequeño bajo tierra, oyendo rugir el viento sobre nuestra cabeza y sin saber qué pasaba fuera. Por el estruendo, yo estaba convencida de que cuando saliéramos de aquel refugio no quedaría nada en kilómetros a la redonda.

Pero, en realidad, cuando hemos salido hemos descubierto tres cosas: una, que, tal y como había prometido el dueño, el motel había aguantado y nuestras maletas estaban a salvo; dos, que la furgoneta de los mellizos era a prueba de todo y seguía perfectamente aparcada donde la habíamos dejado, y tres, que nuestra furgoneta no era a prueba de nada y había desaparecido.

—Creo que vamos a tener que viajar más apretados... —ha dicho Jade con resignación.

20

UN ÚLTIMO ESFUERZO

—¡Atención, diablitos! ¡Acabo de recibir un mensaje de WeLoveGreen!

Lo malo de ir todos en la furgoneta de los mellizos es que vamos bastante apretados; lo bueno es que ya no tenemos que usar los *walkie-talkies* para hablar entre nosotros (aunque tampoco podríamos, claro, porque uno de ellos estaba en nuestra furgoneta y se perdió con el tornado...).

—¿Y qué dice? ¿Qué dice? —ha exclamado Jade casi quitándome el móvil de las manos.

—No dice nada. Es un archivo de sonido.

—¡Ponlo! —me han dicho todos a coro.

—Vaaaleee. —Y le he dado al play. Yo solo había oído la voz de Sue una vez, pero no me ha costado nada reconocerla. El mensaje era muy breve.

«Lo que buscas está en el norte.»

—¿Y ya está? —ha exclamado Maki un poco enfadado—. Cuando estábamos en Nueva York, que si hacia el sur, ahora que estamos llegando, que si hacia el norte... Igual estaría bien que estos de New Spring se pusieran un poquito de acuerdo, ¿no?

—No te enfades, Maki —le he contestado—. Por lo que insinuó Mantema, esta es la última prueba de todas; antes de que nos demos cuenta, habremos llegado.

—Bueno, eso si logramos descifrar a qué se refiere esta pista, ¿no? —ha puntualizado Jade.

—¿Acaso no lo hemos conseguido siempre? —he contestado yo—. Pues esta vez, también. Lo primero es llegar a Monument Valley y, una vez allí, intentar ver qué hay en el norte. No nos agobiemos.

—Mirad, chicos, ya estamos llegando —ha dicho Mina, que es quien estaba conduciendo.

Y, efectivamente, al mirar hacia delante hemos visto el perfil de Monument Valley, mucho más bonito que en cualquiera de las fotos. El famoso valle es un conjunto de piedras gigantescas, cada una con una forma distinta, y como «puestas» en medio del desierto. Durante un rato, no hemos podido ni hablar de lo fascinados que estábamos todos. Pero, pasado un rato, hemos empezado a intentar trazar un plan.

—A ver, yo creo que si la solución está en el norte, lo que tendríamos que hacer es ir a la piedra que esté más al norte de todas —ha sugerido Will.

—Vale, eso tiene lógica —he respondido yo.

—Según el mapa —ha dicho Jade—, es la Sentinel Mesa.

—Pues vamos allá.

Como Monument Valley es una especie de parque natural, hemos tenido que aparcar la furgo en una explanada y seguir a pie por el desierto para llegar a la Sentinel Mesa. Thor, Kira, Thula y Thayson correteaban a nuestro alrededor la mar de contentos, pero entre el calor y el polvo, la verdad es que no estaba resultando un paseo muy agradable, especialmente para Jade, que no ha parado de quejarse en ningún momento:

—¿Falta mucho? Estoy muy cansada... No me gusta nada caminar...

—Vamos, Jade, ya falta poco —le iba diciendo yo para animarla, pero ella estaba cada vez más agobiada.

Después de media hora de caminata, por fin hemos llegado a la gran roca y hemos empezado a rodearla. No sabíamos cómo iba a ser la señal de New Spring ni qué teníamos que buscar, así que íbamos todos superconcentrados y mirando a todas partes, pero ahí no había nada extraordinario. Piedras, polvo, matorrales bajos, más piedras y más polvo. Nada de nada. Yo iba mirando mi móvil, pero no ha sonado, ni ha vibrado, ni me ha llegado absolutamente nada. Después de unas cuantas horas rastreando la piedra desde todos los ángulos, nos hemos sentado a descansar porque estábamos destrozados.

—Menudo rollo, aquí no hay nada —ha exclamado Will.

—Nada de nada —ha rematado Mina.

—Y encima, pronto se hará de noche, ¿seguro que no nos estamos equivocando? —ha preguntado Makiman.

—No, seguro, no; pero no podemos rendirnos ahora —le he contestado yo.

—A ver, vuelve a poner el mensaje —ha pedido Jade con un hilillo de voz. Yo lo he hecho, pero decía lo mismo que antes: «Lo que buscas está en el norte.»

—Yo creo que lo mejor será buscar un motel donde pasar la noche...

—... y seguir mañana —han dicho los mellizos.

—Una vuelta más... —he insistido yo.

Los demás me han mirado con cara de cansados y han negado con la cabeza, así que me he encogido de hombros y nos hemos puesto a andar todos juntos en dirección a la furgoneta. A medida que caminábamos, yo no podía dejar de darle vueltas a la frase «Lo que buscas está en el norte», «Lo que buscas está en el norte», la voz de Sue resonaba en mi mente como las voces de los sueños que tuve la noche que pasamos en el desierto. ¿Y si no se estaba refiriendo al parque propiamente? ¿Y si hablaba de otra cosa?

He mirado a mi alrededor un momento. Hasta donde me alcanzaba la vista se alzaban piedras del Monument Valley. Si pensábamos recorrer aquella extensión a pie, podíamos pasar meses. No podía ser, aquello no tenía ningún sentido; Sue no me pediría algo así. Pero, entonces, ¿a qué se estaba refiriendo con «norte»?

Hemos subido a la furgoneta y, al cabo de unos pocos minutos, hemos parado en un motel. Hemos pedido tres habitaciones y yo me he ido a una con Jade y Thor. Jade no me ha dicho ni buenas noches, en cuanto ha visto la cama se ha lanzado a ella en plancha y se ha quedado frita. En cambio, yo no podía dejar de pensar y pensar en el enigma del norte. He repasado una y otra vez las fotos de Instagram de WeLoveGreen y todos los mensajes, me he conectado al chat (que, cómo no, seguía desierto), he intentado reordenar las letras del mensaje, por si escondían un mensaje secreto... Menos hacer el pino puente he hecho de todo, pero no he avanzado nada.

Cuando me he despertado por la mañana, seguía igual de perdida que al acostarme, pero me moría de ganas de hablar con los demás para compartir ideas y volver a intentarlo.

21

La Ventana al Norte

Nos hemos juntado todos a desayunar como cada día en la cafetería, pero enseguida he notado que algo iba mal. Todos llevaban caras largas.

—¿Os pasa algo? —he preguntado.

—Pues sí, la verdad —ha dicho Maki—. Pasa que estamos un poquito hartos de esta gente de New Spring, que nos toman por el pito del sereno, todo el día con las pistas para un lado y las pistas para el otro. Estamos cansados, tenemos ganas de llegar de una vez. O de irnos a casa. Lo que sea más fácil.

Mina, Will y Jade han hecho que sí con la cabeza.

—Pero ¿cómo podéis decir eso? —he exclamado yo—. Os he explicado un montón de veces que New Spring es un proyecto secreto, que solo por el hecho de haberlo compartido con vosotros he puesto en peligro mi propia entrada. Yo he confiado en vosotros porque creo que sois personas ideales para formar parte de la comunidad ¿y ahora estáis pensando en abandonar?

—Patty, todo eso está muy bien, ¿pero no crees que si de verdad quisieran que llegáramos no serían un poquito más claros? —ha dicho Jade, siempre tan práctica.

—No, no pueden serlo. Su secreto es muy valioso, no pueden compartirlo así como así. No pueden transmitirlo por la red. Probablemente, ni siquiera Mantema sepa dónde están ubicados exactamente. ¿No entendéis que lo que están intentando hacer es tan revolucionario que mucha gente podría intentar que fracasen? ¿No entendéis que son la última oportunidad que tenemos para intentar salvar la Tierra? Esto no es un juego diablitos, es algo muy serio.

Will y Mina me han mirado con expresión de cansancio.

—Eso ya nos lo has dicho un montón de veces...

—... pero, al final, lo único que pasa es que nosotros vamos dando tumbos...

—... y ellos se lo deben de pasar bomba en su refugio tomándonos el pelo.

No podía creer lo que estaba oyendo. Por primera vez desde Nueva York me he sentido triste. Y sola. No podía creerme que ahora que estábamos tan cerca ellos empezaran a dudar de todo; pero, a pesar de mis ruegos, han dicho que no pensaban moverse del motel hasta que Sue o alguien nos diera alguna pista más. Que estaban hartos de dar vueltas por el desierto, de llenarse del polvo y de no conseguir nada.

—Pues muy bien —les he dicho levantándome de la silla—. Haced lo que queráis, yo no pienso darme por vencida. Mina, dame las llaves de la furgo.

Mina me ha mirado con desconfianza.

—¿Qué vas a hacer? —me ha preguntado Makiman.

—Pues no tengo ni idea, pero algo haré. —He extendido la mano delante de la cara de Mina, que, al final, a regañadientes, ha sacado las llaves y me las ha dado—. No voy a rendirme. Yo no dudo de Sue ni de New Spring, así que voy a seguir buscando. Y no pienso parar hasta encontrar la respuesta. Nos vemos esta noche.

Y así, sin más, he dado media vuelta y he salido de la cafetería muy enfadada. Thor, cuando me ha visto, ha empezado a corretear detrás de mí y ha acabado subiéndose a la furgo.

—Suerte de ti, Thor. Tú si que no me dejas nunca sola, ¿eh? —le he dicho acariciándole la cabeza, y él me ha mirado como si fuera a volver a hablar. Pero no lo ha hecho.

He arrancado la furgoneta y he empezado a conducir sin rumbo. Era cierto que no tenía ni idea de adónde ir, pero necesitaba alejarme de la cafetería y de las caras largas de mis diablitos. Iba a demostrarles que New Spring era cierto y ellos recuperarían la fe. Estaba segura.

Monument Valley está atravesado por una carretera y yo, sencillamente, he empezado a conducir por ella. Ni siquiera he sacado el GPS, así que no sabía si estaba yendo hacia el norte o hacia el sur. Y me estaba dando igual. Al cabo de un rato, me he fijado en que las rocas tenían nombre y que estaban señalizadas en el camino. Tenía gracia ir viendo carteles que decían «Las Manoplas» o «Las Tres Hermanas» o «El ojo del sol» cuando, de repente, he visto un cartel que me ha cortado la respiración: «La Ventana al Norte».

—¿Has visto eso, Thor? ¡Este sitio se llama La Ventana al Norte! ¿Cómo no lo hemos visto antes? Tiene que ser aquí.

Thor me ha mirado sacando la lengua, como si pudiera entender algo.

Yo he tomado el desvío, he vuelto a dejar la furgoneta en una explanada y he echado a caminar hasta llegar a La Ventana del Norte. Esta vez, el nombre no era el de una roca sino el de un espacio entre dos rocas gigantescas a través de las cuales se veía una de Las Manoplas. Un espacio enorme con unas vistas preciosas.

—Guau, es impresionante —he dicho mirando a Thor—. Pero no sé qué es lo que tenemos que buscar...

Él me ha mirado con cara de «a mí no me preguntes» y yo he decidido hacer lo mismo que hicimos ayer todos;

empezar a rodear las rocas con los ojos muy abiertos. Aunque, por supuesto, como esta vez solo éramos Thor y yo, estaba claro que íbamos a tardar un buen rato. Aunque, pensándolo bien, no es que hubiera gran cosa que mirar. Solo las rocas, que estaban llenas de grietas, y algunos arbustos bajos. Nada más. Ni carteles, ni caminos, ni señales, ni nada de nada. Después de un par de horas, me he sentado un rato con Thor en la sombra a descansar.

—¿Y si me estoy equivocando, Thor? —le he dicho—. ¿Y si tampoco es aquí? ¿Y si todo este viaje ha sido un error y debería haberme quedado en casa? ¿Y si ellos tienen razón?

Thor me ha mirado con sus enormes ojos y me ha lamido la cara como para consolarme. Entonces, ha echado a correr detrás de una libélula. Yo me he quedado un rato

más sentada, descansando, pero, al cabo de un rato, he visto que Thor estaba en un punto de la roca de enfrente con el morro pegado a una grieta.

—Thor, ven aquí —le he pedido.

Pero él no se ha movido ni un milímetro y ha seguido intentando meter el morro en una grieta pequeña.

—Deja eso —le he dicho pensando que debía de haber un ratón o algo parecido. Pero él seguía insistiendo en meter la cabeza en una grieta estrechísima.

»Te vas a hacer daño, Thor —le he advertido acercándome. Y me he agachado a ver qué era lo que lo estaba volviendo loco. Entonces he visto que dentro de la grieta había algo. El corazón me ha dado un vuelco. He respirado hondo y he metido la mano por la grieta esperando encontrarme un bicho. Pero mis dedos han tocado algo duro, como de plástico. Lo he agarrado y lo he sacado. Era un pequeño recipiente hermético de plástico, como esos que se usan para poner comida en la nevera. Y dentro había algo. Conteniendo la respiración, he abierto la tapa con mucho cuidado. Nada más verlo lo he reconocido. Un pequeño delfín de madera que parecía tallado a mano... ¡Era el colgante de Sue! ¡El que llevaba en el vídeo que me había mandado hacía tantos meses! Debajo había un papelito doblado en cuatro. Al desplegarlo he visto una caligrafía redonda y bonita. La nota decía: «Querida Patty, para llegar a New Spring solo tienes que poner estas coordenadas en el GPS. Te estamos esperando. Con cariño, Sue.»

—¡Buen perro, Thor! ¡Eres el mejor! —he dicho gritando con lágrimas en los ojos.

Cuando hemos llegado al motel, Maki, Jade, Will, Mina, Kira, Thula y Thayson estaban en la habitación de los mellizos viendo la tele. Yo he abierto la puerta muy seria. Ellos me han mirado con curiosidad pero, antes de que pudieran abrir la boca, he empezado a hablar yo:

—Cuando os propuse empezar este viaje, ya os dije que podía haber complicaciones, pero hasta ahora siempre habíamos estado juntos. Maki, tú estabas solo en Nueva York, sin saber muy bien qué hacer; Jade, tú, antes de conocernos, hacía tiempo que soñabas con New Spring, pero no habías conseguido ponerte en contacto con ellos; Will, Mina, sabéis que lo que hacéis no tiene sentido si no lo compartís con los demás, y la gente de New Spring son las personas ideales. Entiendo que os cueste confiar en Sue y en la idea de New Spring, porque no habéis hablado nunca con ellos, pero esperaba que confiarais en mí.

—¡Patty! —ha dicho Makiman—. Pues claro que confiamos en ti. Estábamos esperando que llegaras para pedirte perdón. Esta mañana hemos sido muy desagradables. Estábamos muy cansados y desanimados y lo hemos pagado contigo.

—Sí —ha dicho Jade—. Lo sentimos mucho. No deberías haberte ido tú sola al desierto.

—Sí, Patty, sentimos mucho no haber confiado en ti —han dicho los gemelos al unísono.

—Tienes toda la razón. Esta tarde volveremos a ir juntos y nos patearemos todas las piedras hasta encontrar lo que buscamos. ¡Aunque tardemos meses! —ha rematado Makiman. Y han venido todos a darme un abrazo de grupo. Yo, entonces, me he puesto a llorar y, sorbiéndome las lágrimas, les he dicho:

—Eso no va a hacer falta, diablitos.

Y les he enseñado el papel.

22

Bienvenidos a New Spring

Después de gritar y abrazarnos un rato más, hemos subido a la furgo, hemos puesto las coordenadas del papel en el GPS y hemos visto que New Spring estaba solo a unas horas de camino. Llegaríamos allí antes de que anocheciera. De repente se ha hecho el silencio. Ninguno sabíamos

qué decir. Después de tantos días de viaje, tantas aventuras, saber que solo nos quedaban unas horas de viaje para conocer a la gente de New Spring nos parecía casi precipitado.

—Pues parece que al final las montañas eran las Rocosas, ¿eh? —ha dicho por fin Makiman.

—Pues sí —he contestado yo—. Y tú y yo pensando que eran los Apalaches...

—¿Y qué va a pasar cuando sepan que vas acompañada? —ha preguntado Jade.

—Pues no sé —he contestado—. A lo mejor Mantema ya se lo ha contado. Pero, si no, les contaremos lo del juicio de los espíritus. Estoy segura de que no pondrán ningún problema.

Después de un par de horas de camino, hemos llegado a un desvío demasiado estrecho para seguir con la furgoneta.

—Según las coordenadas, hay que seguir por aquí —ha dicho Will señalando un camino estrecho de tierra—. Pero me temo que tendremos que ir a pie, porque por aquí no pasa un coche ni en broma...

Así que hemos aparcado la furgoneta de Will y Mina en el borde del camino, al lado de unos árboles, hemos cargado todas las bolsas y maletas y hemos empezado a caminar por en medio de un bosque espeso. El aire era completamente limpio, los árboles eran de un verde intenso, casi increíble, y a cada paso se oía perfectamente el trinar de los pájaros... y las quejas de Jade, que seguía sin gustarle demasiado caminar.

—¿Falta mucho?

—¡Ja, ja, ja, ja, ja! —hemos reído todos.

—Según el GPS estamos a punto de llegar. Pero es que, además, no sé de qué te quejas, Jade. Esto es precioso... —he dicho yo—. Es tal como lo había imaginado. Es igual que en las fotos de WeLoveGreen. Es... ¡el paraíso!

Todos han asentido.

—Sí, vale, reconozco que tienes razón, pero ya sabes que yo soy más de teoría que de práctica... —ha contestado Jade.

De repente, el camino se ha cortado y nos hemos encontrado con una pared de piedra.

—¿Y ahora qué hacemos? —he preguntado en voz alta.

Todos nos hemos mirado confundidos.

Según el GPS New Spring estaba detrás de aquella pared. Pero era enorme, no veíamos dónde acababa. Imposible rodearla.

—Ahora que estamos tan cerca... —ha murmurado Maki.

—Un momento, mirad ahí... —ha dicho Mina.

—... Esa planta se mueve... —ha seguido su hermano.

—... Hay una corriente de aire que sale de ahí...

—... ¡Eso es una grieta!

Jade se ha acercado corriendo al punto que estaban señalando los mellizos y ha gritado triunfalmente:

—¡Sí! Es muy estrecha, pero podemos pasar, ¡es aquí!

Nos hemos acercado corriendo y, de uno en uno, hemos ido pasando por la pequeña abertura. Cuando he cruzado al otro lado, casi me desmayo. Ahora sí. ¡Era New Spring! El lago cristalino, la cabaña de madera sin barnizar; era exactamente como en mi sueño. Tal y como la había imaginado. Hemos avanzado juntos y, de repente, he visto a una chica menuda venir corriendo en nuestra dirección. No he tardado ni un segundo en reconocerla.

—¡Sue! —he gritado soltando las cosas y echando a correr hacia ella.

—¡Patty! ¡Por fin has llegado! —me ha dicho abrazándome con una fuerza casi increíble—. ¡Tenía tantas ganas de verte!

Después, ha mirado a los demás y ha gritado:

—¡Ven! ¡Venid todos! ¡Voy a presentaros a todo el mundo!

En cuestión de minutos estábamos en la sala de la asamblea, una cabaña enorme de madera, rodeados de un montón de gente de todos los orígenes y edades que nos sonreía, nos saludaba y nos abrazaba. Todos vestían con ropas sencillas, de trabajo, y estaban morenos de trabajar al aire libre. Sus manos eran ásperas, pero sus ojos brillaban intensamente. Nosotros no parábamos de reír, de llorar, de repetir nuestro nombre..., y Thor, Kira, Thula y Thayson se han hartado de repartir lametones a diestro y siniestro. Finalmente, Ellen, la líder de la asamblea, una mujer alta, delgada, con gafas redondas y el pelo gris rizado recogido en un moño despeinado, nos ha pedido silencio.

—Hola, Patty. Hola, diablitos —ha dicho sonriendo—. Mantema nos ha explicado que tenéis la bendición de los espíritus. Sed bienvenidos a New Spring.

Todos han aplaudido.

—Ya sabéis que nuestro objetivo es intentar salvar el planeta viviendo en armonía con él. Sue contactó contigo, Patty, pero tú has demostrado después ser una gran líder y ser capaz de reconocer y convencer a otras personas que nos serán muy útiles aquí en New Spring. Todos habéis hecho un largo viaje en el que habéis demostrado bondad, valentía, inteligencia, amistad, generosidad, empeño, confianza, todas las cosas que necesitamos para hacer que nuestro proyecto salga adelante. —Entonces nos ha mirado uno a uno a los ojos y ha dicho—: Y aunque creáis que hoy es el final de vuestro viaje, en realidad esto solo es el principio.

Yo he mirado a mi alrededor y al ver los rostros de mis diablitos no he podido evitar recordar todos los momentos que hemos vivido juntos y preguntarme qué va a pasar con nosotros a partir de ahora.

Entonces, Sue me ha guiñado un ojo y he comprendido que todo iba a salir bien. Como ha dicho Ellen, esto no es el final.

Es un nuevo principio.

ÍNDICE